Minha China
Tropical

FUNDAÇÃO EDITORA DA UNESP

Presidente do Conselho Curador
Mário Sérgio Vasconcelos

Diretor-Presidente / Publisher
Jézio Hernani Bomfim Gutierre

Superintendente Administrativo e Financeiro
William de Souza Agostinho

Conselho Editorial Acadêmico
Luís Antônio Francisco de Souza
Marcelo dos Santos Pereira
Patricia Porchat Pereira da Silva Knudsen
Paulo Celso Moura
Ricardo D'Elia Matheus
Sandra Aparecida Ferreira
Tatiana Noronha de Souza
Trajano Sardenberg
Valéria dos Santos Guimarães

Editores-Adjuntos
Anderson Nobara
Leandro Rodrigues

FRANCISCO FOOT HARDMAN

Minha China
tropical
Crônicas de viagem

© 2024 Editora Unesp

Direitos de publicação reservados à:
Fundação Editora da Unesp (FEU)
Praça da Sé, 108
01001-900 – São Paulo – SP
Tel.: (0xx11) 3242-7171
Fax: (0xx11) 3242-7172
www.editoraunesp.com.br
www.livrariaunesp.com.br
atendimento.editora@unesp.br

Dados Internacionais de Catalogação na Publicação (CIP) de acordo com ISBD
Elaborado por Odilio Hilario Moreira Junior – CRB-8/9949

H264m
Hardman, Francisco Foot
　　Minha China tropical: Crônicas de viagem / Francisco Foot Hardman. – São Paulo: Editora Unesp, 2024.

　　Inclui bibliografia.
　　ISBN: 978-65-5711-233-5

　　1. Relato de viagem. 2. Crônica. 3. China. 4. Pandemia. 5. Covid-19. 6. Coronavírus. 7. Quarentena. 8. Intercâmbio cultural. I. Título.

2024-1345　　　　　　　　　　　　　　　　　　　　　CDD 910.4
　　　　　　　　　　　　　　　　　　　　　　　　　　CDU 913

Editora afiliada:

*Em memória de Hu Xudong, amigo e generoso criador
de uma linda ponte Brasil-China:
a ponte da poesia.*

*Para a menina Dao Dao,
Guardiã dos Gatos Órfãos
do câmpus da Beida.*

送老友福特返回巴西

旧世界戴上了新冠，
还是落花了一地的法西斯流水。
你，一个免疫系统青春得如同学生运动
的老战士，即将返回被挤兑的未来。
愿埃塞俄比亚航空航路洁净、坦荡，
愿祭司王约翰把你护送到圣保禄身旁，
愿我们肾上腺髓质分泌的英特纳雄耐尔，
最终能为2020年投去弥赛亚之光。

胡续冬

2020/08/10 北京大学

Despedida ao amigão Foot na volta ao Brasil

O Velho Mundo exibe a nova Corona,[1]
ou o mal fascista que foi bem cortado.[2]
Você, soldado veterano com sistema imunológico tão jovem
como o movimento estudantil, está de volta ao futuro que sofre
da corrida aos depósitos.
Que o caminho aéreo Ethiopian Airlines seja límpido e plano,
Que o Preste João[3] o acompanhe ao lado de São Paulo,
Que a Internacional secretada pela nossa medula adrenal
projete a luz messiânica sobre o ano 2020, afinal.

Hu Xudong
10 de agosto de 2020, Universidade de Pequim

[Tradução: Fan Xing]

---

1 Na língua chinesa, "coroa" e "corona" são a mesma palavra. (N. T.)
2 Alusão a um verso do hino *A Internacional*: "Cortai o mal bem pelo fundo". (N. T.)
3 Referência a um rei mitológico da Etiópia, descendente de um dos reis magos
que visitaram Jesus, muito presente na antiga história cristã de Portugal. (N. T.)

Hu Xudong e sua filha Dao Dao no Núcleo da Cultura Brasileira da Universidade de Pequim, out./2019.
Foto de Francisco Foot Hardman.

SUMÁRIO

Prefácio à edição brasileira 11
Nota prévia à edição chinesa 15

1 Onde você se esconde, Pequim? 19
2 A vendinha da vila 23
3 O café mais secreto do mundo 27
4 O cartão e outras preocupações 33
5 Pão, água e saber: meu coração é comunidade 39
6 Cidade: quantos tempos e lugares? 45
7 *Go, China!* (nem precisa avisar) 49
8 Por uma outra globalização 55
9 Estamos no mesmo barco e um povo lindo surge das ladeiras 61
10 Se essa rua, se essa lua, se essa luta: comunhão da cidade renascida 65
11 Duas lágrimas na ponte de Dandong 69
12 Minha China tropical 75
13 O morcego e nós 81
14 O *Homo pekinensis e o mundo*: nas voltas que o tempo dá 85
15 A última crônica: de estudantes da universidade de Pequim para indígenas do Alto Solimões 93

Prefácio à edição brasileira

Naquelas semanas de espera que pareciam intermináveis, sem voos regulares de volta ao Brasil, lá na longínqua e tão próxima China, entre junho e agosto de 2020, pude contar com a solidariedade espontânea de boas amigas, amigos e colegas chineses. Chegavam até mim e quase segredavam: "Professor Foot, o Brasil está muito perigoso: fica mais aqui, que a gente cuida de você". Nunca esquecerei essa demonstração de amizade e preocupação verdadeiras. E, nas vezes em que lembro ou me refiro a ela, sempre fico muito emocionado. Entre essas queridas pessoas, estava o camarada Hu, a quem não posso deixar de dedicar este livro, *in memoriam*. Quando parti, ele me regalou com o poema que reproduzo na abertura desta edição. Leu quase gritando para mim e algumas amigas pela primeira vez seu manuscrito; em seguida, deu-me aquela folha como um passaporte mais efetivo que todos os passes e vistos jamais emitidos.

Como poderíamos prever que, um ano mais tarde, ele nos deixaria em definitivo? Vida bruta, vida injusta. Hu era 22 anos mais novo que eu. Mas quem percorrer hoje o lindo câmpus da Beida (a sigla, em chinês, para a Universidade de Pequim) sentirá o rastro de seu amor de poeta pela filhinha Dao Dao e pelos gatos órfãos (dezenas) que todas as manhãs estavam rondando à espera da ração que pai e filha traziam para alimentá-los, num ritual que já se tinha tornado em missão compartilhada por parte considerável da comunidade acadêmica. Por isso, também, a dedicatória deste volume se estende a Dao Dao, porque é devido a pessoas como ela e seu saudoso pai que o futuro da humanidade pode se anunciar algum dia mais esperançoso.

Este livro encerra um ciclo, como quase tudo na vida, e dá início a outro, no qual, certamente, a China está e estará presente. Dentro de poucos meses, para lá espero voltar. E sei, de antemão, que as amigas e amigos chineses me esperam com a sua generosa alegria de sempre. É muito bom saber disso. Quando Gilberto Freyre, sem nunca ter visitado aquele país, premonitoriamente, ainda nos anos 50 do século passado, falou em China tropical, estava atento a afinidades interculturais imprevistas e, talvez, a utopias imagináveis. Hoje, passados mais de sessenta anos de suas quase provocações, e a propósito da passagem do centenário do estabelecimento de relações diplomáticas regulares entre a República Popular da China e o Brasil, o desafio de maior aproximação e superação de clichês e estereótipos permanece.

Ao longo de minha estadia mais extensa e mais difícil lá no distante "Império do Meio", pude construir a convicção de uma China tropical realmente existente, diferente talvez do que esboçou o cientista social pernambucano. Ela é "minha", no entanto. E espero que as pessoas que possam ler os textos a seguir acabem, também, se convencendo das tantas linhas cruzadas entre espaço-temporalidades diversas e simultâneas. Da China para o Brasil, desde 1812, quando aqui aportaram seus primeiros imigrantes para cultivar o chá verde; e do Brasil para a China, desde pelo menos 1880, quando lá aportou, em missão oficial, o diplomata Henrique Lisboa, que depois escreveu o interessante ensaio *A China e os chins* (1888).

A partir da disseminação dessas crônicas de viagem no *Jornal da Unicamp*, tenho que ressaltar o interesse que dois colegas manifestaram, no Brasil, pela publicação de algumas delas, ainda em 2020, nos periódicos especializados de cuja coordenação participam. Assim é que *Minha China tropical* saiu, por iniciativa e convite da profa. Beatriz Resende (UFRJ), na revista *Z Cultural*. E o mesmo sucedeu com *Pão, água e saber: meu coração é comunidade*, que veio a ser divulgado, em primeira mão, na revista *Ide*, da Sociedade Brasileira de Psicanálise de São Paulo, a pedido do psicanalista João Augusto Frayze-Pereira. A ambos só tenho que reiterar meu muito obrigado.

Não poderia encerrar essa nota sem agradecer a quem viabilizou a presente edição, aqui e agora. Antes de tudo, devo lembrar da Editora Unesp, com quem colaboro como autor da casa há tantas décadas. A parceria firmada entre seu presidente, prof. Jézio Hernani Bomfim Gutierre, e o Instituto Confúcio da Unesp, dirigido por Luís Antonio Paulino, tornaram possível a edição que o público brasileiro agora tem em mãos. Além disso, o coordenador de sua produção editorial, Leandro Rodrigues, foi sempre entusiasta e técnico competente para que tudo resultasse num livro que fica como registro de um tempo tanto mais hostil quanto desafiador de solidariedades, pontes que aproximam e afinidades imprevistas. Na revisão textual preparatória, que teve pequenas adaptações e incorporações a partir da edição chinesa, contei com o auxílio inestimável da pesquisadora independente Danielle Crepaldi Carvalho.

São Paulo, 26 de janeiro de 2024.
Francisco Foot Hardman

NOTA PRÉVIA À EDIÇÃO CHINESA

A série de quinze textos que os leitores chineses encontrarão a seguir foram escritos em Pequim e publicados no Brasil, semanal ou quinzenalmente, entre 31 de janeiro e 15 de maio de 2020, desde que a epidemia do coronavírus tornou-se uma realidade dramática em toda a China para, poucas semanas depois, tornar-se uma pandemia que chegou a todos os continentes. O primeiro texto saiu no jornal *Folha de S.Paulo*, sob impacto das medidas iniciais de contenção adotadas por aqui, e logo após uma gravação de vídeo que fiz para telejornal da TV Bandeirantes, em São Paulo. Todo o restante da série de artigos saiu no *Jornal da Unicamp*, publicação on-line no portal da Universidade Estadual de Campinas, Estado de São Paulo, onde trabalho – com replicação no site de notícias *Carta Campinas*.

Essa experiência só foi possível graças ao convite que tive para ser professor visitante por um ano acadêmico na área dos estudos de Literaturas e Culturas em Língua Portuguesa da Escola de Línguas Estrangeiras da Universidade de Pequim, a partir de setembro de 2019. A visita faz parte do acordo de cooperação científica, cultural e pedagógica entre a Unicamp e a Universidade de Pequim, celebrado por nossas duas instituições em 2018, e que possibilita a mobilidade e o intercâmbio de estudantes e de professores entre Campinas e Pequim.

No Brasil, meu muito obrigado ao colega professor Peter Alexander Schulz e ao jornalista Clayton Levy, respectivamente secretário de comunicação e coordenador de imprensa da Unicamp – a eles e equipe –, pelo simpático convite e pela edição da série "Diário em Pequim" no portal de nossa Universidade; e ao técnico administrativo Miguel Leonel dos Santos, da Coordenadoria de Pós-Graduação do Instituto de Estudos da Linguagem (IEL) da Unicamp, pela intermediação das imagens e pela divulgação do material também no site *Carta Campinas*.

Este projeto editorial não seria viável sem o respaldo institucional da Universidade de Pequim e de sua tradicional Editora, a quem agradeço, em particular pela amável recepção de seu editor-chefe, Zhang Liming ("chuva velha, novos amigos"). Gentileza e amizade que se estenderam no vivo interesse do prof. Han Yuhai, do Departamento de Literatura Chinesa e vice-diretor do Instituto Xi Jinping de Estudos do Socialismo com Características Chinesas.

Pessoalmente, sou grato em especial aos professores Min Xuefei, Fan Xing, Hu Xudong, Guo Jie e Fan Ye por seu apoio solidário, acolhimento generoso e incentivo permanente; à pesquisadora pós-doutoral Ma Lin, por sua tradução cuidadosa de uma seleta de cinco crônicas que saíram inicialmente no portal do Instituto de Estudos Sociais e de Humanidades da Beida, em abril passado; e à gentil Zhu Lina, da Editora de Beida, quem primeiro me procurou para conversar sobre a ideia de um possível livro, após ler aquela coleção de excertos. Além do mais, aos meus queridos alunos da Escola de Línguas Estrangeiras, brava turma de 2016, concluintes da graduação, simplesmente por sua dedicação e amizade, além de colaboração valiosa na tradução de dez capítulos deste livro. Isso, para não falar no gesto de solidariedade, acompanhado igualmente por alunos da turma de 2018, que endereçaram aos membros da comunidade Tikuna no Alto Solimões, Amazonas, Brasil, os registros que documentei na última crônica.

Última crônica que, graças ao interesse e à iniciativa da prezada colega Zhang Ling, da State University of New York at Purchase, pôde também ser traduzida ao inglês por Luís Costa e Romaniya

Grupo de alunas e alunos do prof. Foot da turma de 2016 da Beida. Passeio nas cercanias de Pequim, out./2019. Da esquerda para a direira: Zhang Xiaohan, Zeng Yanxin, Zhu Yuge, Liang Yingyi, He Yidan, Lu Zhengqi, Huang Yongheng, Gu Qing e Tian Zehao.
Foto de Francisco Foot Hardman.

Voloshchuk e publicada em *Mediapolis: a journal of cities and culture* (v.5, 16 jun. 2020).

Assinalo também meu agradecimento às compatriotas Cecília Mello (professora de cinema na Universidade de São Paulo) e Lúcia Anderson (doutoranda de Ciências Sociais na Universidade de Campinas e docente de língua portuguesa na Universidade Normal de Pequim) por seu apoio solidário a toda a série de crônicas, inclusive com cessão de algumas fotografias aqui incorporadas.

Finalmente, uma nota de gratidão às mensagens que recebi de vários lugares do mundo, assinalando, mais uma vez, que estamos no mesmo barco. Se hoje bem à deriva, por que não apostar numa correção radical de rota? Ânimo, esperança e juventude para isso não faltam. É preciso estabelecer bases de uma cooperação internacional verdadeiramente solidária na luta contra todas as desigualdades.

Constata-se que brasileiros e chineses possuem afinidades culturais profundas, mas é preciso, com certeza, alargar os canais de comunicação e de trânsito entre as duas nações. Que estes pequenos textos, escritos num momento raro e difícil para toda a humanidade, possam auxiliar na ampliação de pontes, na troca de conhecimentos e na superação definitiva de preconceitos, de modo a consolidar uma relação harmoniosa, confiante e pacífica.

Pequim, 25 de maio – 9 de julho de 2020.
Francisco Foot Hardman

1
ONDE VOCÊ SE ESCONDE, PEQUIM?

Na cantina universitária, não há quase ninguém. Sento-me numa mesa sozinho, mas logo vêm duas funcionárias da cozinha, sentam-se na minha frente, uniformes brancos e máscaras, alegres e simpáticas como boa parte do povo aqui, nos cumprimentamos, a que está diante de mim arranca de uma vez sua máscara reclamando que o elástico lhe machuca a orelha, quase num gesto de desacato. Riem muito. Entendo tudo, pois sofro do mesmo incômodo. Sinto orgulho de compartilhar a mesa com as camaradas da cozinha. Mas quase ninguém pode testemunhar esse encontro.

No metrô, plataforma espantosamente semivazia: de onze passageiros que embarcam, apenas dois não usam máscara. "Isso porque não encontraram à venda, estoques esgotados", comenta um amigo. Se a poluição do ar já levou, habitualmente, parcela considerável dos cidadãos de Pequim a portarem máscara, o coronavírus de Wuhan generalizou o uso. O irônico é que a qualidade do ar tem estado muito melhor em Pequim do que foi há poucos anos. O sol desponta no inverno, coisa que era rara até recentemente, e não há quase ninguém para usufruí-lo.

Onde está a turma de aposentados do tai chi chuan na pracinha aqui do bairro? E onde as mães e avós num jardim de infância improvisado em outra praça? E onde as crianças soltas no alarido típico das manhãs frias que antecediam o Ano Novo Lunar?

Onde a mulher da vendinha, aquela mesma com seu pequeno negócio aberto até onze e meia da noite, olhar triste e sorriso belo, a ver uma novela que parecia sem fim numa mini-TV erguida entre bananas e códigos de barras? Fixou os enfeites de ano-novo na porta, fechou a venda e só volta no início de fevereiro, até que bem antes do barbeiro e da loja de conveniência para estrangeiros.

Restaurante universitário, Universidade de Pequim, fev./2020.
Foto de Francisco Foot Hardman.

Ah, mulheres chinesas anônimas, vocês são a revolução na revolução, as heroínas invisíveis de um povo cujo sentido de "trabalhador coletivo" antecede qualquer filosofia, qualquer ideologia. Por isso, as que vêm bem tarde da noite coletar o lixo reciclável passam no silêncio de suas bicicletas e triciclos elétricos e completam esse bailado de veículos que se vê nas pontes e avenidas. Não é preciso anunciar nenhum ritual. Os rituais já estão encarnados. Trabalhadoras do lixo, onde vocês se escondem? Onde guardam seus uniformes impecáveis?

Sigo no passo da multidão que ora se recolhe. Jamais aprenderei a cochilar, como os chineses fazem, nos vãos mais inusitados da cidade. Pequim, Pequim, onde você de fato se esconde? No parque das Montanhas Perfumadas (Xiangshan), aqui nos arredores do extremo noroeste da cidade? Colinas extremamente belas na floração do outono, agora vazias, que serviram, durante a guerra de libertação nacional e a revolução popular, de refúgio para setor importante do partido comunista.

No meio de uma quase cidade-fantasma, é incrível a rede de solidariedade que se estabelece. Visitas expressamente proibidas à Cidade Proibida, bem como a museus, parques e à Biblioteca Nacional. Acesso ao câmpus da Universidade de Pequim vetado, por ora, a visitantes externos (para se ter ideia, eram cerca de 2 mil visitas agendadas, em média, por dia). Se você possui cartão, pode ingressar, desde que passe por check-in de temperatura corporal na portaria. Calendário escolar de reinício das aulas adiado em todas as escolas, inclusive universidades, por tempo indeterminado. Feriado do Ano Novo Lunar prolongado para retardar retorno e trânsito da população. É a grande festa, a mais tradicional da China, o imperativo é reunir-se com pais e avós, o que desencadeia o maior movimento migratório em torno de um só evento no mundo. Medidas que podem parecer excessivas para quem está do outro lado do globo são necessárias em função da escala demográfica.

Falei em solidariedade. Ela me tem sido comprovada, diariamente, pelos contatos e mensagens que recebo de colegas e alunos. Ela já está presente sem precisar dizer. Bastam entreolhares sobre as máscaras. Sinais amigos acionados para que recebamos, com toda a alegria que o novo ano promete, a aluna Olívia-Huang, única moradora de Wuhan na turma para a qual dou aulas. E, do segundo ano, a aluna Kátia-Yang, também residente em Wuhan.

Voltei hoje à cantina. Das duas funcionárias, uma delas volta a compartilhar mesa comigo. Sobram espaços e parece que já formamos um time. Ela cuida de juntar bandejas, pratos e talheres da multidão de comensais. O refeitório continua vazio. Acabo meu almoço antes dela. Levanto com minhas coisas e bandeja. Ela faz menção de se levantar para dispor minhas sobras. "Não, camarada, absolutamente", eu aceno. Cuido eu de separar meu pequeno fardo. "Você merece, mais que todos os frequentadores, comer em paz." Sorrimos cúmplices.

Mas, agora, vivo num quase deserto de asfalto. Cadê a turma? Cadê o povo? Pequim, me responda: onde você se esconde?

Não desisto. Como os chineses, em geral. Não desisto e sonho e peço e quero: a volta da mulher das castanhas, vendedora ambulante, com seu sorriso tão largo quanto o deserto da Mongólia. Chegará com seu carrinho elétrico? Mostrará seu código digital para que eu pague no celular? (cada dia mais, evita-se qualquer pagamento em *cash* por aqui; o papel-moeda, um pouco como jornal impresso, vai virando coisa do passado).

Pois é certo que ela virá. Com suas rugas curtidas no vento arenoso e frio do extremo norte. Com suas mãos fatídicas no preparo de tudo. Com sua alegria altaneira e simples. Virá, que é certo. Já não trará as castanhas de aroma inesquecível que preencheram meu outono e parte do inverno. Virá com as frutas da nova estação, que o Ano Novo Lunar, fustigado pelos maus eflúvios de um vírus – que nos alerta sobre as dramáticas relações socioambientais em curso –, assim mesmo é capaz de anunciar. Porque os chineses se antecipam em quase tudo em meio à longa espera que também possuem como senha. Porque, aqui, o Ano Novo Lunar é mais que tudo a celebração da chegada da primavera. A mulher das castanhas, eu sei, colhe, neste instante, em pleno deserto da Mongólia interior, as frutas que trará logo mais em seu carro inimitável. A primavera em Pequim promete melhores ares, melhores luzes. E aqui vai estar, logo mais, a mulher das castanhas. Não custa crer. Nada custa esperar.

31 de janeiro

2
A VENDINHA DA VILA

Nesses dias quase não há nenhuma circulação em Pequim, resultado da grande saída de gente que precede o Ano Novo Lunar – a maior celebração do povo chinês (cuja data, como nosso Carnaval, oscila a cada calendário, e neste inverno caiu em 25 de janeiro). Na vila em que vivo, no distrito de Haidian, noroeste da grande metrópole, há uma vendinha a menos de 200 metros de casa, que a nós, moradores dessa vila de quatro por cinco ruas e cerca de sessenta pequenos edifícios de até cinco andares, é sempre mais providencial do que qualquer supermercado. Lá, num espaço diminuto de dois cômodos, encontra-se tudo, ou quase tudo, e isso até altas horas da noite.

Por isso, entre tantos estabelecimentos públicos fechados, não só pelos feriados, mas principalmente pelas medidas de segurança sanitária, a mim, e sei que a muitos vizinhos, causou particular desalento ver a vendinha da vila fechada. Um aviso, com felicitações e enfeites do ano-novo, dizia que reabririam no dia 1º de fevereiro. Mas os cuidados redobrados com a prevenção de um maior alastramento do surto em Pequim, cidade de 21,5 milhões de habitantes, levaram o serviço comunitário da vila a prorrogar o fechamento de nossa vendinha até dia 4. Novo desalento, nova espera.

A passagem do ano-novo, comemorada na cidade natal de cada habitante, com seus pais e, também, obrigatoriamente, enquanto viverem, com os avós de ambos os lados, nas respectivas cidades ou aldeias, implica muitos deslocamentos populacionais que fazem desta a maior migração em tempos de paz e por um só evento no planeta. As restrições de viagens que se impuseram forçosamente, por conta dessa muito infeliz coincidência de movimentos (de gentes para a maior festa do país e de coronavírus em expansão) acarretaram, assim, uma das maiores frustrações para a grandíssima maioria da população chinesa.

Isso, claro, para além da tragédia da morte que já é de muitas centenas de pessoas. E, também, para além do sofrimento particular de mais de 50 milhões de habitantes que estão encerrados em um cordão sanitário na região de Wuhan (a importante capital da província de Hubei, 1.150 km ao sul de Pequim) e em cerca de uma dezena de cidades no seu entorno.[1]

Mas a vida segue e os chineses se recolhem e se cuidam, e como! Somos um país de mascarados, neste instante, sem nenhum apego à estética ou às ideias pueris e ações deletérias dos *black blocs*, muito pelo contrário. Check-ins de temperatura corporal se instalaram em todas as entradas de edifícios, condomínios, cantinas, câmpus universitários, metrô etc. Museus, parques e lugares de grande atração pública permanecem fechados.

A ansiedade, nessas circunstâncias, aumenta para todo mundo e não poderia ser diferente. Por isso, corri à vendinha no dia anunciado de reabertura. Pequena grande felicidade. Lá estava, mais serenamente triste do que nunca, a vendeira, com seu olhar de beleza melancólica e sua tranquila feição, agora com a máscara negra que dizem ser a mais eficaz das que hoje se encontram disponíveis.

---

1 A cifra de 50 milhões é superior à população de todo o estado de São Paulo (44 milhões), o mais populoso do Brasil, e equivalente apenas a 3,5% da população de toda a China. Wuhan, sozinha, é a sétima cidade mais populosa do país (11 milhões), cifra muito próxima à da cidade de São Paulo (12 milhões).

Nesse dia, o sol ainda se fez presente numa réstia da porta. Já somos cúmplices nesse inverno turbulento. Compro itens mais do que meu habitual, a conta passa de 110 yuan, algo como 66 reais, estou feliz de ter a vendinha de volta. E de rever, ali, sua dona, impassível. Ela sempre me ajuda com a embalagem dos víveres, cortesia sem par. Ela é uma graça!

Hesito em lhe pedir para fazermos uma *selfie*. Não peço, não faço. A mulher da vendinha adora as novelas que se sucedem dia e noite na TV chinesa. Como tantos milhões desse povo que se nos assemelha tanto. Em seu miniaparelho, está sempre ligada a alguma série de amor melodramático. Sim, o melodrama aqui também tem lugar. Agora, terá que fechar mais cedo, por conta das prescrições, e não poderá seguir até as 11 da noite, como era antes da crise.

Invento sempre alguma falta de item para voltar à vendinha. E assim foi no dia seguinte. O sol tinha ido embora. Nevou bastante nesses dois dias, como nunca antes neste inverno. Clima muito seco, em Pequim é raro que neve. Só cinco dias nesses quase dois meses. Por isso, dessa vez, ela parece um pouco mais triste. Se antes o sol ou a lua encarregavam-se de mostrar a beleza de seus olhos, agora é o brilho da neve que se insinua na fresta da porta e de sua máscara. Que linda! Somos cúmplices. Para além dos estoques nas prateleiras e dos yuans que tilintam virtuais. Já podemos sorrir entre olhos e acenos, sempre delicados.

E sobram histórias de amor que ela não cansa de ver, de lembrar e, quem sabe, na calada do vento de Pequim, que fere as faces como faca, de sonhar viver.

7 de fevereiro

A vendinha da vila, distrito de Haidian, Pequim, jan./2020.
Foto de Francisco Foot Hardman.

3
O CAFÉ MAIS SECRETO DO MUNDO

Amanhece com chuva fina em Pequim. Vai esfriar mais um pouco, mas o tempo já vem esquentando nesses dias. A chuva é boa, porque, não sendo do tipo catastrófico que no Brasil tem castigado as cidades de Belo Horizonte e São Paulo, limpa bem o ar. A qualidade do ar aqui estava pior nesses dias. Nada que se compare à poluição de poucos anos atrás, mas assim mesmo ruim, e pior se você deve permanecer em casa, para diminuir risco de contágio. Quase ninguém nas ruas de Haidian. Essa paisagem – para quem conhece a megalópole e este bairro, ou pode imaginar uma cidade com população em dobro da cidade de São Paulo (se bem que numa área muito maior, bem mais espalhada) – é a de uma cidade-fantasma, surreal em seu silencioso e inusitado cotidiano.

E o que fazer aqui? Preparo aulas em áudio e envio materiais pelo aplicativo WeChat e em mailing aos meus alunos. Converso com o representante da classe, função aqui importante e nada decorativa. Eles esperam ansiosos para voltar a Pequim e a este belíssimo câmpus, onde têm moradia assegurada durante toda sua graduação ou pós. As aulas presenciais estão adiadas por tempo indeterminado. Uma aluna na distante cidade de Wuchuan, extremo sul, província de Guangdong (Cantão), pergunta-me sobre *Vidas secas*, de Graciliano Ramos, matéria deste semestre, que começou a estudar por conta própria. Ela e outros me perguntam se estou bem aqui, se estou me cuidando. Como são afetuosos, solidários e discretos esses jovens estudantes chineses! Quantas afinidades e aprendizados em comum podem ter com seus colegas brasileiros, experiência que, felizmente, já está em curso!

Outra aluna, lá de Hangzhou, província de Zhejiang, está traduzindo Mia Couto e me consulta sobre dúvidas pontuais. Mais outros três alunos, de outras três cidades diferentes – Zhengzhou, Shenzhen e Fuzhou –, seguem, aplicadíssimos como sempre, no trabalho de suas monografias de graduação, sobre autores tão distintos quanto Rubem Fonseca, Guimarães Rosa e Mia Couto, mas, todos eles, de modos diversos, convergindo no tema central do abandono: o da nação brasileira naquele *Agosto* trágico de 1954 (R. Fonseca); o desse pai inalcançável e tão desejado em "A terceira margem do rio" (G. Rosa); e a ilha desgarrada da cidade e da história em *Um rio chamado tempo, uma casa chamada terra* (Mia Couto).

Em tempo global de abandonos – dos mais pobres, dos doentes, dos esfomeados, dos refugiados das guerras das potências e dos desastres ecológicos de uma civilização capitalista suicida –, chega a me comover a mensagem que recebo de uma única aluna confinada lá em Wuhan, na sua bela cidade natal, depois de eu lhe enviar vídeo feito por estudantes em Portugal, conclamando à solidariedade internacional com o povo chinês: "Obrigada por este vídeo caloroso, Professor! Durante esse período, minha cidade testemunhou desastres e também amor. O apoio e o encorajamento desse tipo são exatamente as forças que nos mantêm em andamento. Não se preocupe comigo, minha família e eu estamos em segurança e saudáveis. Aguardo com expectativa o nosso reencontro na Universidade quando a primavera chegar!".

Se há uma civilização que desenvolveu sabedoria milenar com o motivo da espera – no mais das vezes nas condições mais adversas da guerra, do colonialismo, da fome –, é justamente esta daqui. Por isso, mais do que nunca agora, devemos esperar. E, em meio ao aparente abandono da paisagem semivazia, podemos indagar sobre qual o melhor caminho entre todos os traçados. Indagar às ruas, às árvores, ao lago, a essas tão típicas passarelas que cruzam avenidas quase desertas, às pracinhas, aos becos, aos *hutong* revitalizados, mas sempre caóticos em face de nosso classicismo decadente.

Podemos indagar mesmo onde não há traçado visível. E, do nada, em pleno fervilhante e badalado bairro de Sanlitun, agora vazio, o barbeiro de rua, não o de Sevilha, mas este, solitário, aqui, neste domingo de ninguém: corte feminino a 20 yuans, masculino a 15, quem se habilita? Só dois clientes na espera, ali mesmo no meio da rua, confesso que vacilei – porque esse hábil artesão da tesoura não está de máscara, protocolo que tento seguir à risca.

E quanto aos cafés? Em geral, todos fechados. O 1898, cujo nome homenageia a data de fundação da Universidade de Pequim, não reabriu na data anunciada. O café da livraria All Sages, outro point extremamente acolhedor, idem, fechado desde a véspera do Ano Novo Lunar, portanto, há três semanas. De lá, como não lembrar do seu gato preto de estimação, animal da sorte, sempre estirado no bom sono, a nos sugerir que existem mais questões relevantes entre céu e terra do que a humanidade cogita?

Diante de cenário que reclama prudência e solidariedade, não posso esquecer do "café mais secreto do mundo" (foi assim que o colega do IEL-Unicamp e amigo Mario Luiz Frungillo cravou certeiramente seu nome, quando cá esteve, em outubro passado). Numa ruazinha escondida, em condomínio ao lado da portaria oeste de Beida, entre árvores e folhagens, existe uma porta de madeira e uma placa modesta onde se lê: "Terra dos livros de estoicismo". E, lá dentro, um café muito convidativo, que no passado também funcionou como videoteca, como lugar de cinéfilos em busca de DVDs de filmes de arte raros ou proibidos. Um aviso pede para falar baixo, aviso ocioso, diante da clientela reduzida e, por hábito, silente. Às vésperas do recesso escolar e do confinamento que se seguiu, estivemos lá, eu com as colegas Fan Xing e Ma Lin. Neste lugar incrível, que se mantém há decênios, podemos imaginar mundos bem melhores do que o anunciado pela emergência climática, neste início dos anos 2020, com dados reais e alarmantes.

O "Café mais secreto do mundo", distrito de Haidian, jan./2020.
Foto de Francisco Foot Hardman.

Na mais simples solidariedade diante da atual epidemia; na mais silenciosa e determinada resistência capaz de reunir vontades dispersas da juventude, que deve herdar o fardo de um planeta em colapso socioambiental; na mais desapegada coragem diante das vilanias, ignorância, racismos de todos os dias, arrogância ridícula dos podres poderes, poderemos, nós, em algum café mais secreto do mundo, extrair do estoicismo algumas de suas melhores lições. Sejamos igual solidários com os abandonados de todas as sortes. Sejamos cosmopolitas, mesmo ao cruzar esta porta antiga que esconde aromas de um tempo que, parece, nos escapou.

14 de fevereiro

4
O CARTÃO E OUTRAS PREOCUPAÇÕES

Me barraram pela segunda vez na única portaria de acesso ao meu condomínio. As regras de entrada tornaram-se mais rígidas. Isso sem dúvida causa incômodo, mas é verdade que acaba sendo, entre outras medidas, fator eficaz de prevenção da epidemia em curso. Em megalópoles como Pequim, esse refluxo no ir e vir das multidões fez com que o número de pessoas contagiadas aqui na capital não ultrapassasse, até agora, quatrocentas, com apenas quatro mortes confirmadas. Cifra modestíssima, considerando a população de 21,5 milhões. No distrito onde estou, Haidian, o número oficial de infectados é de 61. Haverá entre eles algum vizinho? Entre os poucos mortos, será que algum morava aqui do lado? Vagas apreensões, a rigor parecidas com as que temos sempre em qualquer cidade grande. Felizmente, o sol desponta, as aves retornam, a temperatura aumenta e a "sinistrose" sensacionalista desse sr. Coronavírus vai perdendo sua força.

Mas nada como o bom Carnaval brasileiro para desmanchar qualquer pretexto a paranoias induzidas ou interessadas. Desfilam, sobretudo em blocos no Rio de Janeiro, fantasias de "Coroa Vírus", tanto femininas quanto masculinas. Melhor a sátira, neste caso. Melhor rir do que chorar, especialmente porque, nos ataques que vêm de Brasília, o dito do momento é que "o hoje parece muito pior que ontem". Ou, na palavra sagaz do escritor Luis Fernando Verissimo, em sua coluna no jornal *O Estado de S. Paulo*: estamos sob ameaça não do coronavírus, mas de uma doença muito mais trágica, incurável: o "apatifamento de uma nação".

E, como sabemos, por mais que insistam em nos iludir alguns jornalistas, economistas e cientistas, nosso cotidiano não se faz de estatísticas. Eu, aqui, agora, por exemplo: para não ter que ir dormir no viaduto, o que significaria atalho ao cemitério, preciso entrar em casa e, para tal, regularizar minha condição de morador--visitante junto ao serviço comunitário, que se localiza a uma quadra, coisa de 50 metros de onde vivo, e a 200 da portaria onde fui barrado. Para que entendam: essa vila universitária, agora reduzida a único acesso – antes eram três e o trânsito de gentes, bicicletas e triciclos era bem mais animado, os carros é que, como sempre, destoavam –, tem uma área aproximada de 60.000 m^2, formando um quadrilátero retangular de 4 por 5 ruas nos sentidos norte-sul e oeste-leste. Na frente da portaria que restou, um aviso luminoso recente conclama: "Sejam solidários. Mantenham confiança. Protejam-se cientificamente. Venceremos a epidemia".

Quando duas funcionárias do serviço comunitário, sempre gentilíssimas, me concedem um cartão manual, personalizado, que será meu passe livre nesses dias de contenção, sinto pequena euforia. Nem passaporte, nem cartão de professor visitante, que ficam por ora obsoletos, agora meu cartão de emergência exibe meu nome e endereço e, no verso, reitera bons conselhos: lavar as mãos; usar máscara; deixar a casa bem arejada; evitar multidões; e não se preocupar demais. "Não se preocupar demais": com o vírus ou com a vida em geral? – pergunto à minha colega Fan Xing. "O cartão não explicita", ela responde, "mas acho que quer dizer para não se preocupar demais com o vírus". Então gabaritei, penso. Pois todos os avisos do cartão eu já pratico. E acho que razoavelmente bem.

Crianças brincando, condomínio Zhongguanyuan, distrito de Haidian, Pequim, fev./2020.
Foto de Francisco Foot Hardman.

Mas como não se preocupar com a vida dos que estão sofrendo muitíssimo mais do que todos nós? Penso na imensa massa de esfomeados e desempregados no meu querido Brasil. Nas vítimas da violência criminal e policial, cada vez mais perigosamente igualadas. Penso na vereadora do Rio de Janeiro, negra e ativista do

Partido Socialismo e Liberdade, Marielle Franco, assassinada em março de 2018, e nos mandantes de sua morte acobertados. Penso nas crianças mortas ou feridas, ou fugindo apavoradas da guerra na Síria, que se aproxima de completar uma década, sinal maior da impotência hipócrita das grandes potências envolvidas.

Penso na nossa aluna de segundo ano aqui na Universidade de Pequim, Kátia Yang, de Wuhan, que saiu de lá com a família para a pequena cidade de Shiyan, uns 400 km a noroeste, ainda na província de Hubei. Instada a fazer livre comentário sobre nossas crônicas anteriores em seu curso de idioma português brasileiro ministrado pelas colegas Fan Xing (Estrela) e Társila Borges, enviou de Shiyan o seguinte relato: "Professor Hardman retrata em detalhes a vida sua durante celebração fria e desanimada do Ano Novo Lunar, a vendinha da reabertura, passageiros de máscaras e o sacrifício do povo chinês. Como uma estudante universitária de Pequim, vivo sofrendo martírio com os pais numa pequena cidade na província de Hubei, o olho da tempestade de coronavírus. A vida parece mais difícil, em vários aspectos, que em outros lugares. Sob o regulamento de guerra que exige fechamento de todos os estabelecimentos públicos e a proibição de transporte, não podemos sair de casa ou fazer compras no supermercado. Oferecem-se verduras e alimentos básicos de quantidade limitada que apenas garantem as necessidades de sobrevivência; mesmo assim, precisamos pegar em tempo curtinho, caso contrário, não resta nada. Doenças além da nova pneumonia do coronavírus e suas demandas de medicamentos são temporariamente negligenciadas. A condição geral está andando cada vez melhor, mas os problemas continuam. Como uma habitante de uma pequena cidade com tantos doentes e pouca atenção da mídia social, mal posso deixar de sentir as misérias".

Como não se emocionar diante dessas sentidas preocupações, que nenhum cartão seria capaz de afastar? Como não se abismar diante dessa redação em português de uma jovem chinesa de 20 anos incompletos, nascida neste milênio, que está cursando apenas o seu segundo ano de graduação? Como não parabenizar as colegas Társila e Estrela, que acompanham essa brava turma desde o início?

Como não conclamar a comunidade da Unicamp, estudantes à frente, para receber, de braços abertos, Kátia Yang e mais cinco colegas que devem desembarcar no Brasil, em agosto próximo, para um semestre de mobilidade discente conosco lá no IEL? Porque, a exemplo das belíssimas ações de acolhimento que hoje a comunidade universitária está aprendendo, com os alunos negros cotistas, com os alunos refugiados internacionais, com o vestibular indígena (saúdo aqui as iniciativas da rede de apoio Ñandutí!), será mais que recomendável estendê-las também a essas jovens amigas e amigos do Extremo Oriente.

Porque, afinal, devemos buscar a solidariedade que nos une e nos salva, a mesma que pode e deve salvar nossa Casa Comum, a Terra, quando todos os sinais de alarme piscam e soam, graves e agudos, a Era da Emergência Ambiental. Humanos seremos não só na luta comum pela igualdade e pela diversidade, mas também para impedir, se tempo houver, que os exterminadores da vida em suas múltiplas formas continuem a ditar os destinos do mundo.

Este cartão por ora me basta e me acalma. E a certeza de que não estamos sós, também.

21 de fevereiro

5
PÃO, ÁGUA E SABER:
MEU CORAÇÃO É COMUNIDADE

Nesses dias de semiconfinamento, todos os meus caminhos levam à pequena cantina universitária que permanece bravamente aberta nessa temporada toda. Fica numa das extremidades da vila a que estou circunscrito, a uns 400 metros de casa. Com a baixíssima frequência dessas semanas difíceis, fui ficando freguês conhecido da turma de cozinheiros, copeiros e, agora, dos indefectíveis guardas que monitoram temperatura e cartões dos moradores (sobretudo famílias de antigos funcionários e professores da Universidade de Pequim). E dessa senhora absoluta do movimento e das cadências, da mulher que cuida da recolha de pratos e bandejas usadas, e que agora também tem as chaves da entrada. Já somos, posso dizer, quase amigos.

Na escolha dos pratos, me auxiliam na preferência vegetariana. Vou me apegando ainda mais a esses temperos e misturas ótimas, o ensopado de berinjelas com batatas, o quase obrigatório mexido de tomates e ovos, num molho levemente adocicado, os brócolis, o espinafre, o broto de feijão sempre no melhor ponto, e agora não preciso sequer ordenar: *mǐfàn* (arroz branco). A turma já o retira do caldeirão imenso, e o põe ao fim do prato composto, em seu lugar certo, neutro, um centro para onde podem convergir todos os outros condimentos e comidas, e é assim que me protejo, porque, aqui, sabe-se, "não tem mosquito", e a batalha de todo o país contra a epidemia, nesta área de Pequim, parece por ora amplamente vitoriosa. A mulher que serve bebidas, sopas, batata-doce laranja (ótima!) e diferentes tipos de pães a vapor e empadas (*mántou, bāozi, xiàn bǐng*) diverte-se muito com meus pedidos, sempre quer me entrouxar algo a mais, embora eu tente maneirar.

E aqui volto sabendo que não me faltará o pão de cada dia. Assim, também, a fonte de água potável, em máquina automática, a apenas 50 metros de casa, um dos meus rituais preferidos, meu cartão mais precioso, 6,5 litros de boa água a cerca de 80 centavos de real. Num país, ao contrário do Brasil, em que as águas não são excessivas, essa generosa disponibilidade é digna de nota. Em todos os hotéis, aqui, o viajante encontrará, diariamente, duas garrafas de água mineral gratuitas em seu dormitório. Há já bom tempo longe, nem imagino a quantas andou a extorsão no preço de copinhos e garrafas de água no Carnaval brasileiro.

Mas, aqui, se tenho água e comida fáceis, podemos recomeçar as aulas, agora tudo à distância, a classe conectada em uma dúzia de cidades e províncias diversas, algumas bem remotas. Vocês acreditam em coincidência? Eu prefiro dizer convergência de espaços-tempos, para não recorrer a uma palavra mais técnica e rara, tautocronismo. Fiquemos, quem sabe, com sincronia.

E, diante das barbáries crescentes que assolam nosso querido Brasil, vindas sempre de cima para baixo, vamos inverter e recomeçar de baixo para cima, com dois pensadores que Pernambuco e o século XX legaram ao mundo e que nenhuma barbárie foi ou será capaz de solapar: Josué de Castro e sua obra-prima *Geografia da fome* (1946), que tratou do problema mais simples e mais essencial naquele cenário em ruínas e que, lamentavelmente, continua a escancarar sua atualidade; Paulo Freire e sua joia rara *Pedagogia do oprimido* (1968), um dos livros mais citados mundialmente na área de ciências humanas, desse saudoso Professor Emérito da Unicamp, a justo título Prêmio Educação para a Paz da Unesco e Patrono da Educação Brasileira, que nenhum mequetrefe metido a ministro da Deseducação seria capaz, jamais, de destronar.

O poder do saber: dizer assim, aqui, é quase tautológico, numa civilização que, continuamente, em cerca de cinco milênios, sempre soube, desde as obras matriciais de Laozi, Confúcio e Mêncio, valorizar a busca incessante do conhecimento como base de humanização, mesmo e sobretudo quando diante dos abismos da ignorância e de sua irmã gêmea, a violência. Conhecimento que é arte-ciência a caminho, e que pressupõe a amizade e a ação dialógica. Tudo em busca de um verdadeiro sentido de vida comum que tem, como pressuposto e meta, a harmonia com a natureza e entre os humanos.

Copeira e guardas, Cantina universitária, Universidade de Pequim, fev./2020.
Foto de Francisco Foot Hardman.

Por isso falei em sincronia, quando, em plena semana dedicada a esse binômio tão banal e esquecido (educação-amor), despontou a Escola de Samba Águia de Ouro, lá do bairro da Pompeia, em São Paulo, de doces recordações da minha infância, como a campeã do carnaval paulistano, com homenagem a Paulo Freire numa letra que afirma, no alto acorde de sua bateria: "meu coração é comunidade/ faz o sonho acontecer". A cultura popular brasileira, o que temos de melhor nesses dias de ameaças golpistas, comparece com tudo e vem até Pequim iluminar nosso ensino à distância. Sincronia harmônica digna de grandes mestres inspiradores: *kairós*, aquele evento que vem no "momento certo". *Kairós*, que toda resistência prolongada de povos sempre ensinou. Aqui, também, muito a comungar entre nossas canções, ritmos, espaços. E entre nossas lutas, claro.

Mas a China igual se fez mostrar, neste ano, no Sambódromo paulistano. Refiro-me à homenagem que lhe prestou a Escola de Samba Unidos de Vila Maria, num enredo algo premonitório, feito ainda no meio do ano passado, muito antes da crise epidêmica bater aqui. E que diz: "Vila, um caso de amor na avenida/ O mundo hoje te reverencia/ Oh, China! Oh, China!/ Um caso de amor na avenida". Sinestesia, sincretismo, simbiose, sincronia? Mágico poder esse de diálogo inter ou transcultural: China na Avenida graças à escolha inspirada da Escola de Samba Unidos da Vila Maria, um dos bairros populares mais tradicionais de São Paulo.

Idas e vindas, vindas e idas: não posso atrasar meu horário na cantina! Depois de dias mais rigorosos, em que ela se vestia como astronauta e estava tão ciosa de seu uniforme fazendo *selfies*, a copeira da recolha, numa tarde mais fria, olhava triste pela janela e cantarolava uma música. Deu logo para perceber: música antiga e triste. Sem se importar comigo, nem com o colega guarda, almoçando, em seu já merecido lugar à mesa. Horas mortas, como dizem os cineastas, em que talvez se vislumbrem as mais belas cenas. E, daqui, também, a brecha de uma amizade comunitária internacionalista. Perco a vergonha e peço a meus camaradas guardas e à copeira cantante, que por mim poderia ser diretora da cantina, para fotografá-los.

É só um instantâneo. Eles ficaram alegres com meu pedido. Eles não sabem, como meus alunos já sabem, da Águia de Ouro e da Unidos de Vila Maria. Mas entenderam perfeitamente quando disse: *Wǒ shì Bāxī rén* (sou brasileiro); *Wǒ shì Beida lǎoshī* (sou professor na Universidade de Pequim).

Eles também não sabem, mas isso pouco importa, que nesses dias duros de Pequim aprendi a admirá-los como meus heróis anônimos, como meus guardiães.

28 de fevereiro

6
CIDADE:
QUANTOS TEMPOS E LUGARES?

Cada lugar que escolhemos para viver é uma marca do tempo. Tempo de nossa curta vida no planeta e de nossa memória pessoal ou comunitária. Mas, também, percebamos ou não, cada lugar escolhido ou visitado carrega marcas das longas durações do tempo, dos fios que se estendem até passados perdidos ou eras desconhecidas. Até culturas extintas, de que são sinais indecifráveis algumas pedras empilhadas pelo acaso de mãos operosas ou pela fúria dos elementos naturais. Tempos referidos em livros didáticos como "tal século", "aquela década", "o período de".

Na velocidade desmemoriada da sociedade tecnológica que planeja, a cada dia, a obsolescência dos objetos sob falsa aparência de inovação, precisamos aderir a novas modas que se sucedem no ritmo de sua inutilidade. Inclusive e até, especialmente, modas acadêmicas. Nosso desejo de explicação lógica e nossa arrogante ilusão de imortalidade levam-nos a todo instante a renomear o mesmo. Mas alguns lugares permanecem, e suas vias tortas, praças baldias e paredes manchadas sinalizam tempos sobrepostos e tantas vezes insondáveis.

Numa civilização tão antiga e em território tão imenso, como é o caso da China, o viajante sempre encontrará uma formidável combinação de temporalidades, inscritas em diferentes lugares e paisagens, talhadas nas faces e nas expressões corporais das multidões que, em tempos normais, atravessam febrilmente todo o país. E que promovem o maior deslocamento populacional planetário durante seu Ano Novo Lunar, processo traumaticamente abortado nesse final de janeiro.

Continuo a perseguir sinais dessas temporalidades coexistentes. Fugindo do meu confinamento, chego ao bairro de Andingmen, central, onde há lojas variadas, cafés, e se sucedem inúmeros *hutongs*, esses becos, ruelas ou vielas tão antigos e característicos da vida popular em Pequim, hoje a maioria deles reurbanizados para abrigar hotéis e *hostels*, restaurantes e cafés ocidentais, moda em alta por aqui. Mas, majoritariamente, perduram moradias de famílias e ateliês de serviços, de artesãos e de artistas. Nos dias febris, que são todos os dias em Pequim afora este tempo agora parado da febre feia, os *hutongs* são cenários de gentes, bicicletas e triciclos frenéticos dos entregadores, a alma da circulação de mercadorias na China. Mas, cadê?... Estão fechados, guardas voluntárias improvisam porteiras nas entradas, agora restritas aos moradores com cartão. Com minha amiga brasileira descolada e um pouco cara de pau avançamos, e, não me pergunte como, estamos dentro de um *hutong*, ou melhor, numa rede deles: mas quem nos guiará aqui neste labirinto, já que, semideserto, não há ninguém a seguir? E, de repente, irrompem os nossos improvisados guias: quatro gatinhos que parecem amestrados por sua zelosa dona. E um coral de pássaros, afinados no mesmo compasso, revoam em parceria com os gatos, as duas espécies donas do tempo da cidade. Isso, sem dúvida, parece alentador.

A ponto de que, animados, dirigimo-nos para uma das entradas do parque Beihai, com seus quase setenta hectares e um belíssimo lago que o circunda todo, dividido em três partes intercomunicantes por várias pontes: Beihai, Zhonghai e Nanhai, literalmente "Mar do Norte", "Mar Central" e "Mar do Sul". Encravado no coração de Pequim, é, a justo título, um cartão-postal da "Capital do Norte", a tradução literal da palavra chinesa Beijing. Nem gatinhos amestrados, nem pássaros na revoada da nova estação. Todos os acessos fechados, somos barrados ao tentar adentrar o parque.

Riram muito os guardas voluntários de uma porteira: desacostumados a pedidos insistentes, negaram sempre, mas com desafetada simpatia. Ficaram fotos de um entardecer maravilhoso do grande lago ao fundo. Quase era possível esquecer dos dias difíceis que o país enfrenta. Já esquecíamos de ter sido barrados no lago. Porque, afinal, Beihai se sobrepunha aos tempos e às passagens.

Parque Beihai, região central de Pequim, fev./2020.
Foto de Francisco Foot Hardman.

Mas, igualmente longe da tensão e paranoia a que muitos sucumbem, esta outra pequena notícia na imprensa chinesa pareceu realmente incrível. Há poucos dias, quando uma equipe reforçada e paramentada de higienizadores chegou ao antiquíssimo e colossal mercado municipal de Wuhan, um dos pontos prováveis de surto inicial da epidemia, descobriram lá dentro, escondida há já quase dois meses, uma família com quatro pessoas – um casal, uma menina e um idoso. Contra todas as apostas mais arriscadas de jogo de azar, contra o mau agouro representado pelo número quatro no imaginário popular chinês (cuja pronúncia é similar à da palavra "morte"), contra todos os avisos sensatos que levaram ao fechamento do mercado, uma família não só escolheu se esconder ali, como, sendo lá também local de trabalho de um de seus membros – ao que consta, a mulher –, preparou um dos cômodos naquele vasto e ora deserto pavilhão como abrigo e morada para ela e para os seus.

Não, por favor: guarde com você as perguntas óbvias. Seria precipitado e pretensioso entender as razões. Fiquemos aqui. E, ao contrário do que poderiam apregoar mercadores de má sorte, a família está saudável e sem nenhum sintoma, e, numa rara imagem que me foi possível vislumbrar, caminham impassíveis na saída do mercado, rumo a essa cidade tão sofrida, que certamente saberá acolhê-los, como os filhos de Wuhan soem ser. Como bons habitantes dessa metrópole da China Central, todos filhos do rio Han, maior afluente do Yangtze. Já que o sol e as águas de março podem conduzir a caminhos mais felizes.

6 de março

7
GO, CHINA! (NEM PRECISA AVISAR)

Enquanto o Ocidente entra em polvorosa, a OMS decreta finalmente pandemia e os mercados financeiros globais derretem como carrinhos de picolé no Saara, a China parece pouco a pouco acordar de sua hibernação do Ano Novo Lunar, pronta para outro ciclo e outros combates. Hibernação só aparente, digamos: pois sabemos que a única espécie de urso que não hiberna são os pandas.

Algum movimento urbano já se pode vislumbrar nas ruas de Pequim, diminuto, embora, perto da azáfama diária dessa velhíssima e novíssima capital do "País do Centro", na livre tradução para o nome original da China, *Zhōngguó*.

Volto à livraria All Sages. Além da máscara e da checagem térmica, ritual corriqueiro há várias semanas, a moça me faz pôr um par de luvas cirúrgicas, apertadíssimas. Você já experimentou usar o *touch* para pagar uma conta no celular com esse tipo de luvas? Não tente, por favor. Nos vários corredores de livros, só mais um cliente. Ou melhor, dois, se considerarmos o velho gato preto, que desfila entre miados, mas imperturbável por todo o estabelecimento, quem sabe descontente, como eu, com o fato de o café permanecer fechado e ele estar privado de sua cadeira forrada preferida. Gatos pretos são particularmente populares aqui devido a um personagem de desenho animado em série, de muito sucesso entre crianças de algumas décadas atrás: *Hēimāo Jǐngzhǎng*, isto é, o Chefe de Polícia Gato Preto.

E, na mesma rua Chengfu, milagre, o simpático restaurante familiar de Guangdong, comida cantonesa, reabriu discretamente. Como nas poucas vezes que vim, após o confinamento, eu estava só no salão. Toda a família me conhece, e me serve com muita alegria. O peixe do tanque da entrada, cioso de que a epidemia lhe dera maiores chances de sobrevida, parece também alegre. E, numa parede, a legenda erguida em letras douradas, "2020 – *Happy New Year*", destila agora, levemente, sabor de amarga ironia. Nada que impeça um dos empregados, porém, de improvisar seu jogo de paciência, tentando derrubar garrafas vazias com um pauzinho chinês (*kuàizi*) fazendo as vezes de espada imaginária. E nem que a família e o staff reduzido se sentem à mesa redonda, forma mais tradicional apreciada como espaço compartilhado nas refeições, e façam seu repasto sem nenhum incômodo da minha presença, reatualizando, no restaurante vazio, o desejo real de ano novo feliz.

Quando a epidemia esteve restrita à China, vozes agourentas ou ressentidas, ou mesmo racistas, no Ocidente, prediziam o próximo tombo do Dragão asiático. Quem ri por último ri melhor? Mas os chineses não costumam rir da desgraça alheia, até porque, amiúde, sabem que o destino da humanidade é um só. Só mesmo a insanidade de desgovernos como o que nos castiga neste instante poderia ignorar ou levar na flauta a gravidade do quadro que ceifou mais de 3 mil vidas somente aqui na China. Se o conceito de globalização serve para alguma coisa além da euforia-depressão das cifras do mercado financeiro, deveria ajudar numa consciência ecológica planetária, que é socioambiental por princípio e comunitária (no sentido mais primordial do termo) por vocação.

O que se percebe, aqui, é que este é um povo que aprendeu, ao longo de milênios de uma civilização constituída de tantos reveses, a ter paciência, a esperar para além da afoiteza dos relógios acelerados do capitalismo. Mesmo que, contraditoriamente, tenha se aberto para as relações de produção e reprodução ampliadas do valor de troca, prevalece a ideia de comunhão popular e de solidariedade internacional. Há interesses hegemônicos em jogo? Sem dúvida. Mas a China aparece como o grande fiador, no mapa-múndi de hoje, da paz mundial. Como o ator capaz de contribuir para a maior estabilidade nas relações geopolíticas entre hemisférios, continentes e países.

Restaurante familiar de Guangdong, rua Chengfu, Haidian, Pequim, fev./2020.
Foto de Francisco Foot Hardman.

A paciência chinesa é como seu "ovo centenário" (*pídàn*). Quando o comprei, meio inadvertidamente, na vendinha da vila, minha colega Fan Xing explicou-me tudo a respeito desse ovo conservado durante longo período em invólucro especial, sob uma mistura de argila, cinzas, cal, sal e amido de arroz. E não é que é uma delícia? Os vídeos que se verão na internet, chamando-o de ovo "podre" ou "estragado", são parte da idiotia digital que hoje é regra: seria mais ou menos como chamar vinho de "suco de uva podre", ou cerveja de "suco de levedura azeda". A colega me confessou que, em seus cinco anos de Unicamp, muitas vezes sentiu saudades do *pídàn*. Quando eu me for daqui, talvez não chegue a tanto, mas apreciei bastante seu sabor apurado, sua clara escura com tons esverdeados e desenhos internos ao modo de fractais. Tradição milenar, é provável que essa técnica de preparo e conservação do ovo corresponda a períodos de relativa escassez alimentar no mundo rural, já que não é outra também, entre nós, a história dos pães, queijos, charques, para não falar dos álcoois de frutos fermentados.

Mas, se a ordem é esperar, retorno sempre à cantina universitária do bairro, enturmado com toda a equipe, agora frequentada por um tiquinho a mais de gente, nem de longe comparável ao turbilhão humano que fazia filas no outono passado. Que ficou realmente na memória como um passado já distante. E lá, de novo, não há como passar ao largo do cartaz chamativo com sua palavra de ordem: *Go, China!* – assim mesmo em inglês, ao lado dos caracteres que poderiam ser melhor traduzidos em português como: "Força, China!" O desenho é de um coração vermelho, mas, de perto, vemos que é a imagem de uma máscara. E os dizeres que encabeçam essa mensagem, de claro teor mobilizatório, conclamam: "Consolidar a confiança. Fazer a travessia do rio no mesmo barco (antigo provérbio chinês). Prevenir e curar cientificamente. Aplicar as políticas com precisão". Próximo da entrada-saída, o cartaz não é capaz de desconcentrar o guarda e a nossa heroína da cantina em seu horário de almoço. Além do visitante-fotógrafo de ocasião, quem mais se interessou pela imagem forte foi um menino, que pediu ao pai apressado para lhe explicar a mensagem. Na parede, abaixo, seguem as figuras de folhagens e de uma libélula pintadas bem antes.

Libélula, esse inseto tão lendário, no Oriente e no Ocidente, sugere-nos metamorfose, proximidade do verão, harmonia e boa fortuna. Também instabilidade nas suas asas trepidantes. Mas prevalência, afinal, do equilíbrio mágico de suas asas. *Go, China!* Nem é preciso avisar.

13 de março

8
POR UMA OUTRA GLOBALIZAÇÃO

Pois é: o mundo gira, e rápido. Quando a epidemia virou realidade tangível nacionalmente aqui na China, em seu ritmo exponencial e assustador, isso faz dois meses, parecia que estávamos condenados a não nos fazer entender fora deste imenso país. Para visitantes estrangeiros como eu, era uma completa sensação de exílio.

Mas, agora, os caminhos se revertem. Meus cumprimentos à reitoria da Unicamp, Campinas, Brasil, e à sua comunidade, que souberam responder e decidir com a urgência e coragem que a gravidade dos fatos requer. E minha solidariedade, também, aos colegas docentes, funcionários e estudantes, em especial aos do Instituto de Estudos da Linguagem (IEL), neste momento que é de perplexidade e angústia. Minha certeza: vai passar. Mas isso só reforça a necessidade de cuidar bem de si para poder cuidar bem dos outros.

Na China, comemoramos, pela primeira vez desde dezembro, a ocorrência de zero novo caso na cidade de Wuhan e na província de Hubei, epicentro da crise. Todos os novos casos registrados no país, 34 ontem, 21 dos quais aqui em Pequim, advêm de viajantes chegados do exterior, em particular da Europa, que assumiu o lugar de novo epicentro, Itália tragicamente à frente, desde que a OMS reconheceu oficialmente a situação de pandemia.

É horrível mesmo não poder transitar pelos lugares que mais desejamos. Ou que necessitamos, por razões de trabalho, estudo ou laços afetivos. Nossas cidades, devoradas pelo vírus da velocidade e da digitalização generalizada, parecem dispor da tecla de um só comando: acelerar, acelerar, acelerar; consumir, consumir, consumir. E, quando o perigo de uma guerra se aproxima, o botão *stop* produz dúvida, raiva, medo.

É necessário reaprender, com os povos tradicionais e originários, o curso dos caminhos e a esperança que se renova na sequência das estações. Mas o mundo está realmente em colapso socioambiental, por todos os ângulos e paisagens que se queira ver, e a espera pode significar somente um sonho bom, "um sonho feliz de cidade" antes do fim. Tenho percebido que a palavra "distopia", até recentemente só de uso especializado em algumas esferas filosóficas e científicas, vai tomando lugar no discurso cotidiano. Por todos os lados.

Dialeticamente, utopia pode significar alento novo nas lutas por um mundo habitável por todos os humanos que forem capazes de incorporar os quase-humanos na direção de um conceito de humanidade efetivamente ainda por constituir e por se reconhecer em si e para si como tal. Adapto aqui livremente algumas considerações do líder indígena Ailton Krenak, em seu pequeno grande livro *Ideias para adiar o fim do mundo*, que saiu no ano passado e li com meus alunos na Universidade de Pequim, propondo que fosse justamente uma reflexão de transição entre o final de 2019 e o começo de 2020. Mal sabíamos...

E, agora, em ensino à distância há seis semanas, entramos na leitura de Milton Santos, o grande intelectual-negro-baiano-brasileiro-cidadão-do-mundo que, um ano antes de nos deixar, exatamente na virada do século e milênio, disse praticamente tudo que se poderia dizer sobre os impasses que nos ocupam nessas duas décadas desventuradas. Premonitoriamente. Em outro registro, em especial o do geógrafo urbano que jamais perdeu a referência em torno da centralidade da noção de território, retoma-se o fio dessa utopia de uma humanidade ainda por se fazer digna do nome. Refiro-me à sua derradeira obra, *Por uma outra globalização* (2000).

Porque, diante da hipertrofia do dinheiro fictício e desterritorializado, é preciso voltar a saber olhar para a terra de onde saímos e de onde partimos, e para onde, se alguma sorte tivermos, regressaremos. Entre as mágicas de espaços estranhos, há aquela singular dos veículos, dos meios de transporte, um dos capítulos que sempre me fascinaram nas antigas lições de geografia. Não, hoje não falarei dos trens de alta velocidade, pois merecem capítulo à parte. Ficaremos apenas com triciclos.

Graças à arte especial e delicada da cartunista chinesa Siyu Cao, podemos ter uma amostra viva desses carros que combinam tão bem o que de mais antigo e mais moderno a Pequim cosmopolita revela.[1] Nenhuma circulação de bens – correspondência expressa, ambulantes, comida delivery, garrafões de água, coletores de lixo reciclável, limpadores de rua – poderia se fazer, enfim, na abrangência e rapidez com que ocorre aqui e na maioria das cidades chinesas, sem a participação indispensável desses triciclos, com suas e seus ases do volante insubstituíveis. Embora já tenham voltado a circular moderadamente, sem entrar nos condomínios e vilas, sinto enorme falta deles. Agora em sua quase totalidade elétricos, com um sistema de recarga imbatível, vêm muitas vezes silenciosos, afora seus sistemas sonoros de alarme e aviso de manobras que infernizam os ouvidos de quem estiver próximo.

Procuro em vão algum triciclo. Por acaso o daquela mulher vendedora de castanhas, que eu sonhava em rever na primavera. Com alguma sorte, o da mulher da vendinha da vila: mas agora mesmo ela cruzou comigo a pé, e acenou em sorriso mal escondido pela máscara, *Nĭ hăo!*, esse "olá" universal da língua chinesa, de tantas traduções possíveis, mas a que eu desejaria ouvir não é aceitável nem pelo mais generoso linguista da interculturalidade.

---

1 Ver o belo livro de Siyu Cao *Débridée: le monde vue par mes yeux chinois*, Paris: Eds. Équateurs, 2019. Mais ilustrações dessa notável artista podem ser encontradas em https://www.instagram.com/tinyeyescomics/.

Triciclo, condomínio Zhongguanyuan, Haidian, Pequim.
Foto de Francisco Foot Hardman.

Nessa busca dos triciclos que são o pulmão sem vírus da China, todos sabem, aqui e alhures, que, quando se restabelecerem os fluxos da vida, eles voltarão a dominar a paisagem urbana que nos cerca. E, quem sabe, para além das mercadorias expressas, eles possam, agora, transportar algo mais. O sonho de uma outra globalização. Mas isso assim soa definitivamente abstrato. Prefiro então vê-los passar em sua balada apenas silenciosa e sincronizada.

Levando recados e pedidos. As utopias reencontradas do indígena Ailton Krenak e do negro Milton Santos, a linha Brasil-China--Mundo, a melhor rota Ocidente-Oriente que pode nos reunir e afastar para sempre os demônios do vírus da deseducação – estes inomináveis seres que infestaram o planalto central da República brasileira –, a qual merece realizar os melhores sonhos que já sonhou. Os sonhos, entre tantos, do seringueiro da Amazônia Chico Mendes, morto em 1988, e da vereadora negra e favelada Marielle Franco, morta em 2018. Porque, acreditem ou não, triciclos também podem voar, na imensidão dos espaços e nas promessas do tempo.

20 de março

Feira livre, Condomínio Zhongguanyuan, Haidian, Pequim, set./2019.
Foto de Francisco Foot Hardman.

9
ESTAMOS NO MESMO BARCO
E UM POVO LINDO SURGE DAS LADEIRAS

Estamos ou não estamos no mesmo barco?

Somente estúpidos, exterminadores do presente e espíritos do mal podem apontar para sentido diverso ao que a ciência, o bom senso e a responsabilidade aconselham a todos os mortais. Preciso citar nome? Infelizmente, não. Já que, por todos os continentes, por todos os países, há agora um nome no altar da fama do mau-caratismo incurável, em seus esgares mortíferos e seu desejo de destruição sem-fim, a que os psicanalistas chamaram, a partir de Freud, pulsão de morte, *Thánatos*. Vergonha! O Brasil superou as Filipinas em matéria de exibição de um amante da violência pela violência: nosso reles devoto de Trump não passa da caricatura mais barata de Duterte. Não, não é hora para psicanálise de base, é hora de remover, urgentissimamente, o cancro instalado no poder central da República. De alto poder corrosivo e contaminante de toda a Nação. Não há como evitar o assunto. Ele é manchete por todo o mundo. Vergonha!

Mas a solidariedade internacional e comunitária por todo o planeta também dá mostras de que a globalização cega e o fundamentalismo neoliberal não conseguiram derrotar a amizade entre os povos e o amor humano fraterno. Entre tantos retornos que recebo por esta série de escritos, os de amigos chineses estão entre os mais tocantes.

Assim, por exemplo, o jovem doutor em história do Brasil Gao Ran, que defendeu recentemente tese brilhante na Universidade de Pequim sobre a presença da Teologia da Libertação na resistência à ditadura militar e na luta pela construção de uma democracia social no Brasil, anota que minha referência a triciclos o fez ter saudades da infância em sua pequena cidade natal, Baodi, onde todo o transporte de passageiros se fazia nesse veículo, antes da entrada dos táxis sobre quatro rodas.

E isso rebate nas andanças que eu próprio fiz em triciclos para condução de pessoas, em cidades que ainda perduram imersas em tempos antigos: em Dali, imponente entre suas cadeias montanhosas e um lago gigante; em Qufu, cidade natal de Confúcio; e em Suzhou, belíssima entre seus seculares canais e jardins insuperáveis. Mas essas recordações também me enchem de saudades, como se fizessem parte de um passado muito remoto. Transposta já a barreira do segundo mês consecutivo de confinamento, a percepção da passagem do tempo se confunde. E os espaços, aqueles mais belos e distantes, tornam-se pinturas tão nítidas quanto evanescentes no fluxo da memória.

Quero mencionar também a bem-humorada postagem que meu prezado colega e chefe do Departamento de Espanhol-Português da Universidade de Pequim, Fan Ye, tradutor na China do escritor colombiano Gabriel García Márquez e do chileno Roberto Bolaño, fez, há duas semanas, enviando-me uma charge do herói de desenho animado Chefe de Polícia Gato Preto, na qual encara sem medo ninguém menos do que Batman.

Mas, sem ilusões: para combater coronavírus, melhor seguir confiando nas redes de solidariedade internacional, com base em conhecimento científico e compartilhado. Recebo nesta noite, em Pequim, ou nesta manhã, em Campinas, de uma ex-aluna de pós-graduação em Teoria e História Literária da Unicamp, nossa querida Ma Lin, também tradutora de respeito da literatura brasileira ao chinês, hoje pós-doutoranda na Universidade de Pequim, um *Handbook* sobre prevenção e tratamento da covid-19, feito por autoridades médicas que enfrentaram o combate da epidemia

MINHA CHINA TROPICAL   63

quando de seu pior cenário na província de Hubei, e editado aqui em tempo recorde, em inglês. Já o divulguei entre colegas, amigos e estudantes no Brasil. Mas algo sonhei que diz que será enviada boa ajuda da China ao Brasil para o bom combate. A solicitação direta de ajuda feita pelos nove governadores do Nordeste, encaminhada à Embaixada da China, seguida por vários governadores da região Norte, certamente terá sua resposta. E, na melhor tradição dos rituais de troca de presentes na cultura chinesa, essa carga de auxílio humanitário (máscaras e equipamentos) poderia vir acompanhada de alguns versos, quem sabe de algum poeta brasileiro, entre tantas vozes possíveis, a reiterar que o caminho da vida humana e não humana no planeta é absolutamente um só. Estamos no mesmo barco. E os sinais de catástrofe não são poucos.

Como lá na Itália, em Milão, há cerca de pouco mais de uma semana, chegaram 400 mil máscaras e 17 toneladas de equipamento hospitalar. Doação da companhia Xiaomi, estrela ascendente na indústria tecnológica e de eletrônicos, com sede em Pequim. Na faixa que desenrolaram no aeroporto Malpensa, os versos atribuídos a Sêneca, poeta e filósofo do estoicismo, em italiano: "Somos ondas do mesmo mar, folhas da mesma árvore, flores do mesmo jardim".[1] Não há, nesta hora, como duvidar do sentido da frase.

Nesta semana, trabalho com meus alunos aqui em Pequim, sempre no ensino à distância, entre outros textos, o "Manifesto da Antropofagia Periférica", lançado em 2007 pelo poeta Sérgio Vaz, na esteira do coletivo que ele criou, a Cooperativa dos Artistas da Periferia (Cooperifa). Em sua abertura se lê: "A Periferia nos une pelo amor, pela dor e pela cor. Dos becos e vielas há de vir a voz que

---

1 Na verdade, constatou-se que essa atribuição não procede. Ver meus comentários mais detalhados a respeito na crônica "O *Homo pekinensis* e *o mundo*: nas voltas que o tempo dá", na qual respondo à leitora Paula Santos, bibliotecária municipal de Beja, Alentejo, Portugal, que me escreveu amável correspondência questionando a ausência de fonte daqueles versos na poesia de Sêneca. Ela tinha razão, embora o sentido dessas frases seja bastante compatível à perspectiva do estoicismo.

grita contra o silêncio que nos pune. Eis que surge das ladeiras um povo lindo e inteligente galopando contra o passado". No final, o brado, em caixa alta: "É TUDO NOSSO!" E, no meio, o caminho: "A Periferia unida, no centro de todas as coisas".

Estamos ou não estamos?

27 de março

10
SE ESSA RUA, SE ESSA LUA, SE ESSA LUTA: COMUNHÃO DA CIDADE RENASCIDA

Pequim ensaia sua volta à normalidade, depois de mais de dois meses de semiconfinamento. A primavera chegou com tudo e a paisagem da cidade tem mudado rapidamente nesses dias: flores de tantas cores, aves de muitos cantos, crianças de vários brinquedos, um tocador solitário de flauta chinesa, uma pianista de teclas hesitantes nalguma janela, todos tentam recuperar espaços de circulação e convivência livres da covid-19. Cuidados e restrições se fazem ainda muito presentes, porém. Mas a vida volta, ainda mais viva.

E como é bom ouvir novamente os sons e ruídos característicos dessa grande cidade! Até mesmo aquelas gravações sonoras de avisos nos veículos dos entregadores expressos são por ora bem-vindas. Cidades terão alma, além do corpo desenhado em cada mapa. A alma de Pequim se esboça em algum ponto inescrutável entre razão e coração.

Entre as leitoras e correspondentes mais assíduas dessas crônicas, quero mencionar, com muita alegria, a presença regular da estimada sra. Weng Yilan. Para quem não a conhece, ela é a primeira depoente-cantora no magistral documentário *Canções em Pequim* (2017), da cineasta paulista Milena de Moura Barba, que foi feito como seu trabalho final de mestrado na Academia de Cinema de Pequim. Você ainda não viu o filme? Baixe logo na internet e não perca, experiência obrigatória! Filme-documentário inteiramente rodado aqui, a cena com a sra. Weng surpreende desde o início: em vez de canção chinesa, ela começa, muito afinada, a cantarolar: "Se essa rua, se essa rua fosse minha...", e prossegue, incólume, até o final. Depois, a revelação: nos idos de 1960, ela foi aluna de português da saudosa professora de São Paulo, Mara, na Universidade de Comunicação, pioneira do ensino da nossa língua aqui, com intuito de formar jornalistas e diplomatas. Ela própria fez carreira na Rádio Internacional da China, antes de trabalhar no Ministério de Relações Exteriores.

Sua assiduidade como nossa leitora me conforta. Sempre traz observações sagazes, para além de sua generosa empatia. E o que fazer das ruas quando voltarem a ser nossas? Estabelecer nova trilha do coração restituído ou repetir o trajeto automático da alienação de cada dia?

E, como na língua chinesa não se estabelece distinção fonética relevante entre o "r" e o "l", pensemos nessa rua sonhada como o lado oculto da Lua, afinal, a agência espacial nacional da China celebrou, no início de janeiro passado, a passagem de um ano da missão da Chang'e 4. Que poderia ser transportada, por que não?, para uma noite de lua nova aqui no bairro. Onde apenas gatos--faróis me guiam no caminho entre quadras e folhagens. E se essa lua fosse minha?

No salão Lua, reaberto há três dias, posso aparar os cabelos depois de três meses. Máscaras e indumentárias especiais, como a de cosmonautas terrestres, formam agora a nova rotina. Marilyn Monroe me saúda do pôster: poderia haver recepção mais prazerosa? O salão é unissex, mas desta feita só um cliente por vez. Como se não bastasse, é Kristen Stewart quem me encara da tela dos *tablets* embutidos abaixo do espelho, num anúncio de beleza. Assim não dá, não há penteado que resista. A equipe veloz qual viajantes do espaço termina um corte à la Pequim. Agradecem e pedem uma *selfie*. Acho que a Lua baixou na Terra, e agora tem início o ano-novo, que a tragédia no mundo marca como novo período histórico.

MINHA CHINA TROPICAL **67**

É preciso ter, diante do cenário, mais pés no chão. Por isso, antes do Templo da Lua (que, cheguei no mapa, fica no extremo nordeste da cidade), fui visitar, ontem, por recomendação expressa de uma amiga, o Templo da Terra, *Ditán*, magnífico conjunto arquitetônico num parque público municipal lindíssimo, na área central de Pequim, obra das alturas de 1530, dinastia Ming. Que ditosa tarde de sol e vento a Terra nos oferece em seu logradouro! Por aqui, a apenas R$ 1,50 de ingresso, é possível ver, como no outono passado com as folhas, nuanças na coloração das flores, que os chineses tanto adoram pintar, fotografar ou simplesmente admirar. E aqui, ainda, todos os jogos com petecas, raquetes e bolinhas, em duplas ou quartetos, nisso também os chineses são craques.

E, no centro e ao lado de tudo, esse bailado mágico das pequenas e pequenos mascarados, crianças em suas patinetes entre ruas verdes e a meia-lua que, imperiosa, despontava num céu claro de meia tarde. Criança com as varetas e o balde de fazer bolhas gigantes de sabão, espetáculo fugaz de velhos a bebês. Crianças empinando pipas ao embalo de ventos benfazejos, outra especialidade desta terra, de difícil concorrência.

Os templos e altares ainda estão fechados, mas ninguém parece se importar com isso. Basta por ora o passeio ao ar livre, em terra acolhedora e ruas transitáveis. E basta essa lua insinuante e nada oculta: sua aparição repentina, aqui mesmo no Templo da Terra, cenário tradicional de feiras populares no Ano Novo Lunar, pode vir a ser auspiciosa na luta por um novo mundo – menos desigual e mais solidário.

Luta por novas rotas que reponham as periferias no centro. E que refaçam os caminhos. E restituam à Mãe Terra o coração que lhe foi roubado por nossa espécie, que só assim, nessa luta única, poderá ser digna ainda, um dia, quem sabe, de se considerar efetivamente uma humanidade de humanos. Ou apenas um sonho comum de cidade. Lua à vista!

3 de abril

Criança fazendo bolha, Parque do Templo da Terra, Pequim, abr./2020.
Foto de Francisco Foot Hardman.

11
Duas lágrimas na ponte de Dandong

Oitenta dias de paciência e espera. Há muito sol, há muitas flores, há flocos leves esvoaçantes, há pássaros inquietos para anunciar que toda transumância será possível, e nenhum cordeiro será sacrificado em vão. Há muitos frutos benditos, há muitas promessas nas crianças que saem em desabalado passo na busca de arredores plenamente habitáveis. De clareiras claras e seguras.

Há vontade de vida renovada em Pequim. Há desejo de que a humanidade seja de fato humana e una e húmus na sua busca de paz cosmopolita perpétua, que o filósofo sonhou e a maldade dos maus no mundo fez soçobrar ontem e hoje, e ainda agora, neste nosso Brasil injusto, desigual, dilapidado, coração em chagas dos predadores que o rapinam. Dos boçais que o amputam. Dos desgraçados que o dividem. Dos capitães do ódio e seus comandantes convertidos em soldadinhos de chumbo. Da feiura de todos esses monstros patéticos que um dia serão pó sobre pó na estrada aberta dos pastores da boa verdade.

Mas, aqui, há vontade de uma memória que consagre o instante sublime de uma República que se fez popular na luta, muito antes que o surto de morte fosse pandêmico. Até o combate do vírus aqui assumiu tom épico. Por isso, agora liberado para passear por ruas ruidosas em crescente cidade feliz, fico só em casa, e sonho com as

70   FRANCISCO FOOT HARDMAN

viagens feitas até janeiro, que ficaram longe no tempo, distantes no espaço, mas alcançáveis na alça de fotos fátuas, nas águas sábias e salobras do rio Yalu, na compaixão que a história apenas nos pede. Nas duas pontes que Dandong nos propõe: a ponte quebrada, museu aberto da guerra da Coreia; e a ponte refeita, inteira, da amizade sino-coreana, a invocar caminho aberto à paz. Que, se hoje precária e pendente, lança-se como projeção de passagem possível e por todos comungada.

Era final de setembro. No dia 1º de outubro, a festa nacional dos 70 anos da República Popular da China mobilizava o país inteiro. Viajei cerca de 700 km entre Pequim e Dandong, na província nordeste de Liaoning, cidade limítrofe da Coreia do Norte. De lá eu conhecia o pesquisador Li Guangle, doutor e pós-doutor em Direito Internacional pela Universidade de Bolonha – cidade onde o encontrei pela primeira vez há quase sete anos. Desde a residência universitária de Borgo Panigale, Giorgio – seu nome de adoção na Itália – discutia comigo sobre os impasses da política mundial na atualidade, ao mesmo tempo que revíamos, na Cinemateca da via Azzo Gardino, as imagens únicas e hoje completamente mudadas da Pequim filmada por Antonioni em seu magistral *Chung Kuo* (1972).

Esta cidade fronteiriça tem o imenso rio Yalu a atravessá-la, com seus 1.400 km, que nasce no mítico monte Baekdu e se abre em delta no mar Amarelo, separando, em toda a sua extensão, a China da Coreia do Norte. Eram dias e noites belas naquele início de outono. Ao largo da beira-rio, era possível passear infatigavelmente, vendo a agitada sequência de lojas e ambulantes que todo ponto limítrofe atrai como ímã. E caminhar pela ponte quebrada, resultado dos bombardeios norte-americanos na altura de 1950-1951, que castigaram de modo atroz essa cidade na expectativa de refrear a entrada dos chineses na guerra, recém-saídos de outra guerra prolongada, que tinha expulsado os japoneses invasores e visto nascer a República Popular. As ruínas da ponte antiga de Dandong, em seus 940 metros interrompidos, fazem

MINHA CHINA TROPICAL **71**

lembrar os milhares de mortos que o rio Yalu guardou. E funciona como museu público a céu aberto. Ao lado, cerca talvez de 200 metros sentido norte, ergue-se uma ponte mais nova, também bombardeada, mas reconstruída, por onde trafegam trens, caminhões e carros. À noite, luzes projetavam cores magníficas, a celebrar também a Festa Nacional. Na outra margem, sempre visível, mas distante, enigmática em suas construções silentes, a cidade norte-coreana de Sinŭiju.

Graças ao apoio do amigo Li Guangle, pude percorrer de barco esse trecho urbano do rio Yalu. Mas nada foi mais tocante do que as caminhadas noturnas ao longo da beira-rio. Numa noite, entre espigas de milho assadas na hora, no passo da multidão de vendedores e andarilhos, vendo o jogo de cores luminosas jorrar em arco da ponte nova, deparei com duas pessoas que até hoje ouço numa música estranha e demasiado humana.

Um jovem adolescente, portador de síndrome de Down, que chamarei aqui de Hěn Hǎo (= Muito Bom), cantando uma toada antiga e triste, mas viva em súplica, puxava, numa corda, um carrinho de madeira que transportava sua mãe, senhora na altura dos 50 anos, paralítica, que carregava um rádio também antigo e um discreto pote para receber auxílios. Revejo agora a cena: eles vêm e vão, cruzando ao largo da ponte que é só cores, ao ritmo do lamento musical de Hěn Hǎo, numa trilha que parece de início ser recebida com indiferença pelas tantas gentes; depois, não, é como se seu compasso fosse de todo familiar aos ambulantes, e três senhoras se aproximam do carrinho e doam auxílios que são recebidos pela mãe e respondidos por Hěn Hǎo com a elevação de sua toada em quase grito, súplica que supera sacrifício, alegria que quer num rápido instante se fazer entender.

Hesitante e comovido, eu, o único viajante ocidental em toda aquela beira-rio de tanta história, me aproximo tímido e dou uma esmola, mesmo sabendo que esse gesto não é tão comum nem tão valorizado nas relações sociais desta República. Que, naquela noite, celebrava um feito maior na história do século XX:

a fundação de um regime popular revolucionário e a construção de uma nação que hoje se apresenta, sem dúvida, como a principal potência – não colonialista, não racista, não imperialista – deste século XXI tão transtornado.

Rio Yalu, fronteira da China com Coreia do Norte, Dandong, out./2019.
Foto de Francisco Foot Hardman.

A mãe me olhou com ternura e me agradeceu com um *Xièxiè*, para além de qualquer formalidade, que se combinava com o canto esquisito de Hěn Hǎo, que evocava os milhares de mortos da guerra da Coreia no rio Yalu, e punha ainda uma musiquinha em sua radiola, que para mim era como um adeus, um até sempre, um somos-todos-iguais. E chorei porque era justo chorar.

E se há motivo de canto e motivo de choro, que seja aquele da compaixão maior de todos os Cristos sacrificados pelo direito dos miseráveis, de todos os Maomés proféticos de paz e de bondade, de todos os Budas que se imolaram contra a guerra do Vietnã, que minha geração viu e nunca mais pode esquecer. Porque assim é: ou a Páscoa é a dos que nada têm, ou ela também não é nada. Disso, Hěn Hǎo sabe bem desde que cresceu no seu canto de lamento e luz. Disso, sua pobre mãe sabe bem, desde que teve como dádiva um carrinho, um rádio rouco e um filho boníssimo sob a ponte de Dandong.

12 de abril

Kunming, Capital de Yunnan, jan./2020.
Foto de Francisco Foot Hardman.

12
MINHA CHINA TROPICAL

> *O chinês deitado*
> *no campo. O campo é azul,*
> *roxo também. O campo,*
> *o mundo e todas as coisas*
> *têm ar de um chinês*
> *deitado e que dorme.*
> *Como saber se está sonhando?*
>
> (Carlos Drummond de Andrade,
> "Campo, chinês e sono")

Será que foi um sonho? Quanto tempo terá se passado? Aqui estão os bilhetes do trem veloz de longo curso para Yunnan, província no extremo sul da China. Tenho também os do avião entre sua capital, Kunming, e a pequena pulsante cidade de Jinhong, 700 km ao sul, sede da prefeitura autônoma de Xishuangbanna, centro da etnia Dai.

Isso parece que ficou bem longe no tempo. E, no entanto, os tíquetes dizem que se passaram só três meses. É Christina, a anfitriã do *hostel* à beira do rio Mekong, quem me desperta a memória, ao enviar, nesses dias, um vídeo de uma alegre batucada. Sim, um povo alegre à volta de uma mesa enorme canta, bebe, toca e batuca. Sua filhinha Yī (= a número 1) parece entrosada no sarau, a número 1 que tem dois anos. Sim, agora começo a me lembrar. É o Festival da Água, da Água Espalhada, respingada, chapinhada, jorrada. Da água molhada. Celebrado desde o dia 13 de abril pelos Dai. Originário da Índia hinduísta, mas perfeitamente aclimatado pelos budistas no Sudeste Asiático, lá em Yunnan tem seu lugar especial no calendário de um povo que é feliz na festa, que respira música nas batidas da natureza exuberante. Jinhong, sul do sul, está a poucos quilômetros das fronteiras do Mianmar e Laos. Isso fica a mais de 3 mil km de Pequim.

E me vem a feira interminável à beira-rio, em que se encontra tudo – artesanatos, roupas, utensílios, comidas –, que me punha de repente no alarido de uma grande feira nordestina brasileira. Só que esta era chinesa sulista, com tantas cores e luzes e corpos brilhantes na noite interminável do Mekong mágico, literalmente Mãe-Água, aquele rio que em algum ponto entre Laos e Tailândia vê suas águas lançarem bolas flamejantes que espocam no ar. E em Jinhong, onde cruzava uma de suas enormes pontes espraiadas, via a balada de motos e triciclos que me reconduziam ao Vietnã, à renascida Ho Chi Minh, onde presenciei as mais belas baladas de motos noturnas, um balé sincopado de um povo que passa em paz e sereno depois de tantas guerras, lá perto do delta desse mesmo Mekong, hoje doente de tantos maus-tratos, que fazem fugir os peixes e acumular o lixo.

Mas, em Yunnan, comidas e bebidas se oferecem em profusão e variedade incomuns por toda essa extensa e diversa província. E isso também na capital, Kunming, e na belíssima Dali, a oeste, cravada num vale entre o grande lago Erhai e o sopé da cadeia de montanhas Cangshan, que seguem rumo ao Tibete. O budismo, ali, faz notar sua presença marcante. Como no incomensurável Templo dos Três Pagodes. Bairros antigos circundam essa área, em núcleos dispersos na transição do urbano ao rural. Foi lá que viajei no triciclo de Tian Feng, um ás da condução, a desafiar o mais veloz dos ventos gélidos a bater na cara. E os tempos se justapunham na amplidão do espaço. E a estrada era de todos os que nela se aventuravam. E Dali suspendia qualquer presunção, Dali não era daqui.

MINHA CHINA TROPICAL 77

Xishuangbanna, Yunnan, Jardim Botânico Tropical, jan./2020.
Foto de Francisco Foot Hardman.

E, naqueles dias ditosos, não havia vírus nem medo. Era um inverno frio, mas ensolarado. A ponto de ser possível trilhar a pé o parque geológico da Floresta de Pedras calcárias em Shilin, na região de Kunming. Fascinante, como tudo que nos lembra que a história do planeta é muito mais antiga que a de nossa arrogante espécie,

78 FRANCISCO FOOT HARDMAN

e possivelmente sucederá logo mais, como floresta de desertos, à sanha suicida que o capitalismo global consagrou, a menos que um novo regime mundial saído das ruínas do coronavírus seja capaz de combinar civilização ecológica, solidariedade social ativa e multilateralismo cooperativo internacional, para além do ramerrame das corporações e do seu *deus ex machina*, o mundo-mercadoria.

Xishuangbanna, nome comprido, afetos largos: na reserva ambiental de Sancha He, em quase tudo idêntica a uma floresta úmida amazônica, a não ser pelos seus visitantes ilustres, elefantes selvagens, que hoje escasseiam; no gigantesco parque botânico tropical, em Menglun, que nos confronta com essa sua estranhíssima familiaridade e sublime beleza, palco de muitos desenhistas e pintores. Minha China Tropical é toda essa paisagem em movimento amplo e lento, agitado e sereno, ruidoso e pacífico. Ficou lá atrás e lá embaixo. Mas mora aqui no coração sem palavra.

Saudades! Sempre discordei dessa mitologia que atribui essencialismo lusófono intraduzível a essa palavra. Toda tradução, toda traição, toda transculturação serão sempre possíveis, basta o gesto da troca, do desejo de comunhão igualitária.

E como ela difere, minha China Tropical, daquela outra idealizada por Gilberto Freyre, que a pensava circunscrita ao Brasil miscigenado e lusotropicalista, em mitos que alternavam a visão de classe de um patriarcalismo "cordial" à la Casa Grande, com uma raiz lusitana da pior espécie, inspirada no fascismo colonialista retardatário de Salazar. São, a rigor, "Chinas" contrapostas.

Freyre, grande pesquisador e ensaísta pernambucano, escreveu a primeira versão de seu artigo, "Por que China tropical?", em inglês, para uma revista acadêmica, em 1959. Publicado em português pela primeira vez em 1971, no hoje clássico volume de ensaios *Novo Mundo nos trópicos*, da coleção Brasiliana, teve uma reedição recente graças a um trabalho primoroso de organização de Edson Nery da Fonseca, que o reuniu a outros escritos "orientalistas" do autor, em 2011, num livro chamado: *China tropical*. Admitindo afinidades culturais profundas, Freyre propugna ao Brasil assumir um destino que o reconcilie com o lusotropicalismo, equidistante, ao mesmo tempo, do limitado liberalismo norte-americano, do já então decadente eurocentrismo, mas, também, do que denomina comunismo sino-soviético, incorporando, por sua vez, tudo que o Oriente, até imperceptivelmente, nos legou.

A meu ver, poderíamos, quem sabe, tentar o caminho inverso, bem diverso, sem medo do campo aberto, da rota longínqua, da língua estranha, dos murmúrios que contêm mistério, mas também do sonho que nos convida a parar. Ou, nas palavras do poeta: "Ouve a terra, as nuvens./ O campo está dormindo e forma um chinês/ de suave rosto inclinado/ no vão do tempo."[1]

17 de abril

---

1 Carlos Drummond de Andrade, "Campo, chinês e sono", In: *A Rosa do Povo*, Rio de Janeiro: Record, 1945.

13
O MORCEGO E NÓS

Uma coisa é certa. O colapso socioeconômico e sanitário mundial produzido pela pandemia do coronavírus vai abrir um novo período na história. Profetas do neoliberalismo terão que enfiar a viola no saco. Muitos já enfiaram. Outros serão convidados a tal depois de continuar a rezar em suas cartilhas ridículas.

Se o mundo, para quem o podia ver sem as ilusões que corporações e governos tentavam fazer passar, já era a diáspora sem rumo de 70 milhões de refugiados internacionais e deslocados internos de guerras, colapsos ambientais, perseguições étnicas, religiosas e políticas, é muito provável que, a julgar pelas previsões de órgãos insuspeitos como ONU, FMI e Banco Central Europeu, essa cifra atinja centenas de milhões de pessoas em futuro próximo. A recessão que estava presente no horizonte da economia global deve se aprofundar em depressão equivalente ou superior àquelas vividas nos cenários da crise de 1929 ou do pós-Segunda Guerra Mundial.

Como ficaremos? Se é verdade que a pandemia é efeito também da crise socioambiental planetária, do avanço da nossa espécie sobre florestas e ambientes silvestres, difícil prever o que poderá advir desse que foi o maior desarranjo recente nas interações biológicas dos seres humanos com outros animais.

82 FRANCISCO FOOT HARDMAN

Haverá tempo e lugar para uma nova consciência? Difícil prever. O fato é que não há mais escusa para o consumismo desenfreado baseado em pecuária extensiva e predatória de ecossistemas essenciais como o da Floresta Amazônica. Nem na expansão desmedida da soja que destrói biomas inteiros, como o Cerrado brasileiro. Nem nas criações em larga escala que atraem outros mamíferos. Nem na caça que extingue várias espécies. Nem nas minerações que destroem montanhas, rios e florestas. Nem no petróleo, mal maior do século XX, que traz seu rastro aniquilador de modo trágico no século XXI. Nem na civilização do plástico assassino de tantos rios, lagos e mares. Não dá mais para ignorar o extermínio continuado de povos originários e a predação de seus últimos territórios. Não dá mais para boicotar nem adiar políticas de saúde pública máxima, universal e comunitária.

Não dá mais para continuar a crer na espiral da ciranda financeira feita só de especulação e capitais fictícios, sem nenhum lastro produtivo ou ambiental. Não dá mais para fingir-se de tontos e silenciar diante da mercadoria-espetáculo que se impõe sobre a vida humana planetária mediante a produção e reprodução da mentira, de todos os sectarismos, da hipertrofia narcísica dos egos, da "traição da democracia pelas elites" (Christopher Lasch). Diante da tecnologia digital apropriada de modo faccioso ou até fascista por bandos bem aparelhados a serviço da dominação de massas de modo autoritário ou até totalitário. Do *eu-mínimo* (de novo, Lasch) convertido em bolha máxima da alienação.

Não dá mais para abandonar o planeta à incúria de seus assassinos. Não dá mais para abandonar os pobres e miseráveis à sorte dos azares que eles jamais criaram. É preciso Estados e órgãos multilaterais fortalecidos para defender o primado da vida humana e dos biomas terrestres sobre todas as outras coisas e interesses. É preciso voltar a entender e praticar, em toda sua extensão e consequência, os conceitos contidos nos vocábulos cooperação e redistribuição.

Haverá tempo, haverá lugar? Não sabemos. Que haja, por ora, vontades disponíveis para se organizar e assumir esses desafios. E vejo que há muitas. O problema maior parece ser ainda sua dispersão. Mas, quem sabe, o confinamento involuntário não produza a visão de dentro que tudo pode religar? E o que venha de dentro possa iluminar o que está fora, e o que está fora possa se reunir ao que está dentro?

Aves em revoada, Dali, Yunnan, jan./2020.
Foto de Francisco Foot Hardman.

Meus alunos seguem estudando com afinco, em doze cidades e províncias diferentes dessa imensa China. Tudo à distância. Tudo perto, porém, quando a alma quer e os corpos em movimento respondem. A primavera é plena. Nosso câmpus aqui em Pequim permanece vazio e fechado. Abrirá depois das grandes celebrações do Primeiro de Maio e do 4 de Maio? Todos os setores – professores, funcionários e alunos – esperam sempre que sim.

Leituras fluem. Pensamentos vêm e vão. Alunos de idiomas da Universidade Normal de Pequim, nas áreas de português, espanhol e alemão, produziram pequenos vídeos de mensagens solidárias como parte de suas tarefas escolares. Isso se repete por todo lado. Meus alunos da Beida leem tudo que proponho, e seus retornos chegam a ser, muitas vezes, surpreendentes e tocantes. Rara vez a solidão docente, agora radical, tem sido tão compensada. Entre tantas autoras e autores brasileiros, selecionei alguns poemas do enorme artista da Paraíba, nordeste do Brasil, que foi Augusto dos Anjos (1884-1914). Pois a classe respondeu na lata, e as análises e comentários deles recebidos me conduzem naturalmente a lhes atribuir notas elevadas. E a poesia, nesse círculo voador, pode dar sempre o que pensar.

Será que haverá um morcego portador dessa consciência humana que parece adormecida, recolhida à rede de um quarto depois da meia-noite? Que temos a mais do morcego, afora a pretensão de senhores de uma natureza que já morre, que já matamos? Será possível que ainda ninguém tenha percebido? Será que podemos apostar na virada de lado, de lógica, de valores? "A Consciência Humana é este morcego!/ Por mais que a gente faça, à noite, ele entra/ Imperceptivelmente em nosso quarto!"[1]

24 de abril

---

1 Augusto dos Anjos, "O morcego". In: *Eu*, Rio de Janeiro: [s.n.], 1912, p.13.

14
O *Homo pekinensis* e *o mundo*: NAS VOLTAS QUE O TEMPO DÁ

A única certeza: ainda estou aqui. E aqui vou ficar por um bom tempo. Quais sinais de duração além do relógio, do calendário?

Do Ocidente que ainda se arroga protagonista em meio a curvas infindáveis de coronavírus, dos mortos convertidos em estatística, dos especialistas de araque que se revezam entre obviedades, mentiras e exibicionismos? De filósofos que continuam a arrotar filosofias vãs? De economistas que continuam a esgrimir gráficos inócuos? Das rodas on-line de conversas vazias? De governantes que já não disfarçam seu absoluto desgoverno? Entristece sobretudo ver o mundo ruir em meio a tanto tumulto e arrogância.

Mas não há esquecer. Nesse Primeiro de Maio, vou de metrô até a estação da Biblioteca Nacional da China e tento interagir com um sol forte de primavera, na casa dos 32 graus. Entro no parque Zizhuyuan (do Bambu Roxo). Quantos parques e jardins públicos reabertos em Pequim! O Zizhuyuan revela particular beleza, com um lago imenso repleto de ilhazinhas de nomes harmônicos, como a do Lótus Azul. E vêm famílias, todas as gerações reunidas, e vêm casais, e vêm estudantes e trabalhadores, entre piqueniques nas sombras de bosques de chorões e árvores floridas ou verdes só-folhas. E penso na continuidade dos parques. E penso nas voltas que o tempo dá.

Em dezembro, numa visita à cidade de Qufu, província de Shandong, leste da China, terra natal de Confúcio, eu e meu colega José Medeiros, cientista político residente há 12 anos aqui, professor da Universidade de Estudos Internacionais de Zhejiang, Hangzhou, fomos surpreendidos, entre tantas belas surpresas que este país reserva ao visitante disponível, por cena de rua que não era turística nem celebrativa, apenas cotidiana e talvez milenar. Uma mulher moradora do bairro em que estávamos girava um moinho de pedra manual antiquíssimo, com eixo de ferro, de uso comunitário, para moer grãos. O moinho ficava na rua. A vida rural, nesse quadro, mantinha seus elos, formas e ritmos.

Mulher e moinho manual, zona central de Qufu, Shandong, dez./2019.
Foto de Francisco Foot Hardman.

A cidade de Qufu cresce, e muito, como todas as cidades na China. Mas o uso do velho moinho mantinha-se intacto ali. Para quem conheceu esse clássico da moderna sociologia chinesa, a obra *Xiangtu Zhongguo* (China da terra), do antropólogo social Fei Xiaotong (Xangai, 1947), que foi traduzida em inglês como *From the Soil: The Foundations of Chinese Society* (1992), isso não deveria propriamente surpreender. Essa permanência de traços rurais arraigados, em plena etapa urbano-industrial e tecnológica avançada da civilização chinesa, é uma constatação que se pode ter a cada dia, aqui, nos mais diferentes lugares.

Urbanoide inveterado, as paisagens rurais e silvestres me fascinam em seu melancólico sinal de próxima desaparição. De lugares os mais imprevistos, a roda do moinho do tempo se refaz. Assim, foi com muita alegria que recebi carta da leitora Paula Santos, bibliotecária municipal na cidade de Beja, Alentejo, Portugal. Ela buscava, como ciosa bibliófila que mostra ser, a fonte da citação daqueles versos atribuídos a Sêneca, numa das crônicas anteriores: "somos ondas do mesmo mar/ folhas da mesma árvore/ flores do mesmo jardim". O assunto tinha viralizado na internet e eu me apoiei, entre outros artigos, numa matéria do jornalista Pepe Escobar, saída no *Asia Times* e reproduzida no portal de notícias *Brasil 247*: "Somos todos estoicos agora" (20 mar. 2020). Ao buscar novas referências para responder à gentil Paula Santos, vejo que houve um equívoco generalizado, internacional, em que muita gente incorreu, inclusive a comitiva enviada pela empresa chinesa Xiaomi, que preparou faixas e cartazes com a frase, como gesto de fraternidade para com o povo italiano, ao desembarcar em Milão trazendo doação de toneladas de equipamentos de combate à pandemia. E muitos italianos também entraram nessa falsa atribuição, já que, segundo Sofia Lincos, num artigo em *queryonline.it*, em 12 de março de 2020, tudo começou numa placa existente em um parque público de Verona, onde, abaixo daqueles versos, está gravado que foram "inspirados em Sêneca". Sem dúvida, seu sentido geral parece plenamente compatível com o estoicismo, apesar de autoria indefinida. À Paula Santos, nossos sinceros agradecimentos.

Homo pekinensis

Como é possível quebrar, ao acaso e de modo incerto, as amarras do tempo, no território de uma mesma cidade? Em Pequim, será sempre possível traçar novas excursões a temporalidades extintas. Bastam curiosidade e pique. No início de janeiro, antes de qualquer confinamento, fui até o parque arqueológico Zhoukoudian, com o doutor em história do Brasil Gao Ran. Queríamos acompanhar rastros e trajetórias do *Homo pekinensis*. Distante cerca de 50 km do centro de Pequim, a sudoeste, num subúrbio ainda pertencente à capital nacional e plenamente acessível de metrô, o museu e a enorme caverna no monte Longgu refazem o percurso de várias gerações de paleontólogos e arqueólogos que, desde a primeira descoberta de ossos desse hominídeo, em 1921, até hoje, continuam a fornecer pistas sobre como viviam esses nossos antepassados.

Eram gregários. Usavam o fogo. Será que pensavam, falavam? Inicialmente classificados como uma espécie distinta de primata, depois foram agrupados numa variante da espécie *Homo erectus*. Já caminhavam como bípedes. E conheciam formas elementares de cooperação. Distantes do mar, deviam, no entanto, saber-se folhas da mesma árvore e flores da mesma relva que circundava as encostas e o terreno calcário da futura aldeia de Zhoukoudian. Mesmo hoje, o visitante sente esse aspecto ainda rural e, entre 500 mil ou 300 mil anos atrás, intervalo em que os *Homo pekinensis* terão vivido ali, a existência de bosques mais fechados compunha esse ambiente vital para as origens de nossa problemática espécie.

Num pequeno restaurante popular, na rua de terra que circunda a área cavernosa das escavações, encontramos ótima comida e melhor acolhimento. Dr. Gao me lembrava, entre almoço e caminhada, dos trabalhos realizados ali pelo teólogo francês Teilhard de Chardin, jesuíta dissidente, paleontólogo, que, indisposto com o Vaticano, foi mandado para a cidade portuária de Tianjin, no início dos anos 1920, e, logo depois, já em Pequim, começou suas pesquisas em Zhoukoudian. Banido da Igreja, mas depois reabilitado e considerado inspirador da Teologia da Libertação, é na futura capital da República Popular da China que escreve sua obra-prima, *O fenômeno humano* (1940), que busca o que parecia e parece, até hoje, síntese impossível entre fé e razão, entre ciência e religião. A influência da busca científica de nossa ancestralidade no *Homo pekinensis* é notória sobre sua visão temporal de longa duração e da complexidade evolutiva da matéria até o que podemos admitir (e desejar) como "condição humana".

Será que Chardin poderia vir a ser lembrado quando Pequim e Vaticano buscam, nesses últimos tempos, uma reaproximação, desejada por ambos os Estados, já que o único país de toda a Europa a não manter ainda relações diplomáticas com a China é justamente o Vaticano? Cooperação solidária é tudo de que o mundo, a Oriente e a Ocidente, necessita num cenário pós-pandemia. Para além de fundamentalismos econômicos, religiosos, políticos, ideológicos, importa muito mais pensar nas formas e nos métodos da vida comum entre povos de uma espécie às vezes tão cindida de si própria e, mais que tudo, dos ambientes naturais nos quais nasceu e dos quais, queira ou não, ainda depende radicalmente se desejar prolongar sua aventura neste planeta.

O mundo

Mas de que mundo ou mundos podemos esperar algo de bom para a vida comum planetária? Se fomos até Zhoukoudian buscar alguns sinais, parece proveitosa essa direção sudoeste. Pelo menos para quem, como eu, que vem descendo do noroeste, sempre de metrô, viaja uns 20 km e chega até outro parque temático bizarro e bem mais novo, hoje em dia um tanto escasso de público: *O Mundo*. O mundo cabe em 47 hectares?

Pois é essa exatamente a ilusão que seus criadores quiseram produzir quando o inauguraram, em 1993, como parque de diversões que reúne réplicas dos mais famosos monumentos de todo o planeta. Lá, noivos paramentados podem se deixar fotografar ao lado das Grandes Pirâmides do Egito, ou numa das colossais construções de Ramsés II, montados num camelo de verdade, se quiserem, ou ao lado das torres de Pisa ou Eiffel. Por que não diante do Arco do Triunfo? Ou à frente do Taj Mahal? Até junto às Torres Gêmeas nova-iorquinas se pode posar, o que depois de 2001 passou a ser, no mínimo, incomodante. A melhor representação artística desse estranho lugar continua a ser o magistral filme de ficção *O Mundo* (2004), dirigido pelo cineasta chinês natural de Fenyang, Jia Zhangke, no qual essa aglutinação de espaços-tempos, em sucessão assumida de simulacros, se contrapõe à vida real dos trabalhadores do parque, de dançarinas a jardineiros, de bilheteiras a condutores e varredores.

Torre Eiffel, Parque O Mundo, Pequim, out./2015.
Foto de Francisco Foot Hardman.

Mas, com efeito, o que talvez mais ressalte desse passeio aos mundos do parque *O Mundo* seja o desejo imperativo que esse lugar de diversões desencadeia. Precisamos nos reunir à ampla humanidade que foi deixada de fora das ilusões do progresso e dos espaços monumentais. Essas construções que a espécie tem erguido para cultuar deuses e soberanos, defender-se de invasores, celebrar riquezas acumuladas e arquiteturas pretensamente imortais. Os excluídos, os "barrados no baile" de ontem e de hoje: e se déssemos a eles, aqui e agora, voz e visibilidade, passe livre, comida e água? E, antes de tudo, moradia?

E se pudéssemos cantar como as duas dançarinas amigas, no filme *O Mundo*, a russa Anna e a chinesa Zhao, em línguas agora permutáveis, aquela canção popular romântica, *Ulan Bator Night*,[1] lembrando que a Mongólia está logo ali, longe-perto, esperando que à noite reencontremos um amor perdido, uma irmandade separada, uma alegria de viver que os ventos do deserto podem, com alguma sorte, nos reensinar? Haverá tempo e vontade de reaprender o que essa música apenas promete?

4 de maio

---

1 Ver o excelente livro de Cecília Mello, *The Cinema of Jia Zhangke: realism and memory in Chinese film*. London: Bloomsbury, 2019, p.216-7.

15
A ÚLTIMA CRÔNICA:
DE ESTUDANTES DA UNIVERSIDADE
DE PEQUIM PARA INDÍGENAS
DO ALTO SOLIMÕES

Quando, há cerca de oito dias, colegas do Instituto de Estudos da Linguagem (IEL) da Universidade de Campinas (Unicamp), Brasil, que atuam na área de Línguas e Educação Indígenas, entre eles Filomena Sândalo e Wilmar D'Angelis, enviaram mensagem à nossa comunidade, dando conta do verdadeiro estado trágico de aldeias e povoados na região do Alto Solimões, Amazonas, com o avanço da pandemia, divulguei seu apelo junto a colegas, amigos e estudantes na China.

Situação particularmente grave é a do povo Tikuna, maior comunidade indígena do Brasil, que vive a dor da perda de seu único médico formado, e a calamitosa situação na comunidade do Feijoal, onde mora Osias, aluno da pós-graduação em Linguística da Unicamp. Essas notícias calaram fundo em várias pessoas aqui na China, que acompanham com muita tristeza e preocupação o desastre socioambiental amazônico.

Organizamos duas ações imediatas de solidariedade. Junto a colegas professores e profissionais próximos, conseguimos a doação de recursos que já foram transferidos para a ONG Kamuri, empenhada em socorrer as áreas de emergência no Alto Solimões. Além da Universidade de Pequim, tivemos pronta resposta de colegas e amigos de outras universidades: Normal de Pequim, de Estudos Estrangeiros de Pequim, de Língua e Cultura de Pequim, Nankai (Tianjin), de Ciência e Tecnologia do Sul (Shenzhen), de Estudos Internacionais de Zhejiang (Hangzhou); além de jornalistas da Xinhua (agência nacional chinesa de notícias) e do Ministério de Recursos Humanos e Segurança Social.

A outra ação está documentada aqui. Alunos da graduação em Língua e Literaturas de Língua Portuguesa da Universidade de Pequim foram convidados, voluntariamente, a enviar mensagens aos membros das comunidades indígenas afetadas. Metade deles se manifestou. Certamente, com a ajuda dos colegas do IEL engajados, esse correio da cooperação solidária e amizade internacionalista chegará logo a seus destinatários.

1. Mensagens escritas por alunas e alunos da turma de 2018 (2º Ano, idade média de 20 anos):

O amanhecer sempre vem depois da escuridão. Estamos solidários enfrentando esta catástrofe global. Nós sobreviveremos a esta crise.

Daiane (Kuang Yunting)

Nenhuma palavra é suficiente para prestar nossa homenagem à sua luta heroica contra a epidemia. Respeito sua coragem, sua determinação e sua bondade imensa. Acredito que com o seu esforço, tudo vai dar certo! Boa sorte, meus amigos queridos!

Kátia (Yang Kaiwen)

Sejam fortes!

André (Shao Zhongtian)

Nós, o ser humano, estamos em apuros. Aqui na China, eu lhes desejo muito ânimo. Quero bem ao povo brasileiro, vocês enfrentaram no passado dificuldades muito maiores do que esta, e vocês superaram-nas todas. Sobretudo, desejo coragem e força ao povo indígena, vocês são robustos e valentes, e estão fazendo muitos sacrifícios para que a situação melhore, estou convicto de que vocês certamente conquistarão a vitória final.

Sendo aluno que irá ao Brasil como intercambista, presto atenções à sua situação todos os dias. Em uma notícia, vi dois indígenas com máscaras, conduzindo uma canoa nas águas tranquilas e cobertas de algas verdes. Estou muito comovido, e também tenho orgulho de vocês, por conta da sua solidariedade, já sei que vocês nunca serão abatidos.

Agora a temperatura está arrefecendo, e o inverno virá em breve. Mas se o inverno chega logo, porventura a primavera estará distante? Quando as flores desabrocharem, espero que esteja junto com vocês.

Tiago (Li Wutaowen)

Não obstante o tempo estar difícil, por favor, lembrem que nós estamos sempre junto com vocês.

Daniela (Chen Danqing)

Nós sempre estamos juntos. A epidemia é horrível, mas o nosso amor é mais forte. Chineses e brasileiros, todo o mundo e todas as pessoas vão triunfar!

Diana (Fang Jiangchen)

Vá lá! Tudo estará terminado! Não preciso lhes avisar de lavar as mãos com diligência e de não se reunir, desejo sublinhar que é importantíssimo se cuidar bem e se proteger das emoções negativas. UM GRANDE ABRAÇO para vocês!!!

Leandra (Liang Liyan)

Lamento saber que a vida de muitas pessoas está ameaçada devido à epidemia. Talvez a situação na China agora possa dar-lhes

96 FRANCISCO FOOT HARDMAN

a confiança que mostra que a covid-19 pode ser vencida. Acredito que o Brasil irá derrotar o vírus através de inteligência, paciência e força. Amanhã será melhor.

Renato (Dong Hanyuan)

2. Mensagens escritas por alunas e alunos concluintes da turma de 2016 (4º Ano, idade média de 22 anos):

Olá, meus amigos brasileiros!!! Sou uma estudante chinesa da Universidade de Pequim, também residente em Wuhan, onde a pandemia começou. Deve ser difícil para vocês suportar a morte de um membro brilhante da comunidade, e eu entendo muito essa dor porque minha cidade testemunhou muitas perdas e separações durante esses últimos meses. No entanto, só quero dizer que é nestes tempos mais sombrios que ganhamos força e nos tornamos mais fortes do que nunca. Em dias sem esperança, eu pensava que esse pesadelo nunca terminaria, mas agora minha cidade recuperou sua agitação habitual, tudo está de volta aos trilhos novamente. E acredito que o tempo mais escuro passará para vocês. Tudo vai ficar bem, todos nós apoiamos vocês!

Olívia (Huang Yongheng)

Lamentável saber da notícia:
Região da Amazônia parece tanto familiar como estranha para mim. Familiar é que quando eu era uma criança, conhecia o magnificente panorama da região na televisão, ainda no início do século; estranha é que, embora saibamos da Amazônia como pulmão da sociedade humana, nunca temos oportunidade para ver como é, por seu mistério e perigo.
Da notícia conheço que a Amazônia é o lugar onde vocês passaram a infância e onde hoje ainda vivem. Quero dizer que tenho adoração por vocês, como membros dos povos que vivem na região,

conquistando condição difícil, mas rigorosa e natural. Eu lamento, mas, ao mesmo tempo, tenho mais confiança em que vocês, com ajuda da sociedade internacional, podem vencer a epidemia. Na língua chinesa, usa-se a expressão "Manter Juventude pelas Vicissitudes da Vida", o que acho uma expressão emocionante. Vocês, junto com seu grupo étnico e o Brasil, abraçarão nova vida depois da catástrofe.

Saudade de Tianjin, China.
Fotos do remetente.

Pascoal (Zhang Xiaohan)

Meu irmão brasileiro:
Como vai? Espero que esteja bem, apesar de sabermos que estamos numa situação difícil. Nos primeiros três meses de alastramento da pandemia, como o governo exigiu que as pessoas ficassem em casa, permaneci toda a primavera em casa, receando ouvir as notícias, quase todas péssimas. Eram a amizade e a solidariedade que me aliviavam a tristeza. Agora espero que nossas mensagens lhe deem algum conforto. Mantenhamos viva a esperança: a vida já mudou, mas ainda continua, e continuará. Tudo de bom para você!

Lucélia (Lu Zhengqi)

Caros amigos brasileiros da Amazônia:
Eu sou um estudante da China e ouvi que vocês estão enfrentando a ameaça do vírus da covid-19. Temos uma grande empatia com vocês porque já temos sofrido a mesma situação na China. Mas eu tenho certeza de podermos superar a dificuldade, então devemos ter confiança e nos esforçarmos para nos manter saudáveis. Como

o que foi dito no poema, "Se vem o Inverno, chegará prestes a Primavera". Eu acredito que nós humanos podemos vencer o vírus. Espero suas boas notícias!

Domingos (Xie Dongcheng)

Queridos amigos:

Sou Zoé, uma estudante chinesa. Crê-se que todo o mundo está agora enfrentando o risco trazido pela covid-19, o que é uma coisa bastante preocupante. Embora não sejamos médicos que têm capacidade de ajudar a melhorar a situação no Brasil, esperamos que a situação da comunidade Tikuna melhore rapidamente. Existe sempre uma amizade entre o povo brasileiro e o povo chinês! Espero que esta amizade possa levar coragem e energia para vocês! Força! Atenciosamente,

Zoé (Liang Yingyi)

Sinto muito pelo falecimento do médico Tikuna da sua terra. A vida é sempre difícil, cheia de desafios. Mas as coisas vão melhorar! Porque também sempre há pessoas que rezam para vocês, e que se simpatizam com suas dificuldades. Espero que as coisas melhorem lá em Feijoal! Força!!!

Rui (Chu Xiaorui)

Prezados amigos do outro lado do planeta:

Nihao! Olá! Meu nome é Tian Zehao e sou da cidade de Shenzhen, Cantão, China. Ouvi de sua situação e sinceramente sinto muito. Estamos diante de uma crise mundial que precisa da nossa solidariedade. É fato que essa cartinha não vai mudar a situação, mas espero que essas pequenas palavras possam dar algum consolo.

É um fato triste que sua autoridade não vos protege atentamente. A culpa, porém, é também nossa, porque o desenvolvimento econômico na Amazônia visa, finalmente, em grande parte, capital e mercado chineses. Conheço o mecanismo de globalização, que sempre prejudica o bem-estar de uns para satisfazer outros. Mesmo que não seja eu quem decide isso, nós, todos que moram fora de Amazônia, somos responsáveis. Peço desculpas.

Respeito sua vontade e direito de viver como quiserem, mas o coronavírus não está brincando conosco. Fiquei em casa desde janeiro, bem início deste ano, como todos os chineses. Mesmo assim, muitos já tinham perdido seus familiares e amigos. Então, por favor, tomem cuidado com qualquer pessoa que venha de fora e mantenham a higiene. Talvez não gostem das máscaras. Mas, se puderem (espero que sim), se protejam. É claro que essa situação vai mudar suas vidas, porque todos nós, mundialmente, somos afetados. O mais importante é sobreviver. Me sinto muito triste ao ouvir notícia sobre sua situação. Não sei por que estou achando maneiras para me convencer de que existe ainda um futuro brilhante, nem sei como será o mundo amanhã, mas tento viver até ali. O mais importante é a esperança: qual dificuldade que seja, somos invencíveis quando a temos.

Agora a China já passou o período mais perigoso, o que prova a possibilidade de controlar a pandemia. Tudo isso vai passar, e creio que seja em breve. Abraços,

Gaspar (Tian Zehao)

É isso aí, a verdadeira amizade renega fronteiras. Fiz só pequenas revisões em sua edição. Todos os textos são integralmente desses jovens e bravos estudantes, que continuam cursando seu semestre à distância. Que a Mãe Terra os proteja, para que, em futura aliança com as multidões dos despossuídos, em particular os povos indígenas amazônicos, possam lutar e construir um mundo de beleza, paz e harmonia. Das ruínas desse desconcerto, quem sabe possível seja fazer não só figura, mas diferença?

15 de maio

P.S.: Transcrevo a mensagem recebida da antropóloga indigenista brasileira Juracilda Veiga, coordenadora-geral da ONG Kamuri:

Prezado professor Francisco,

Agradecemos imensamente os recursos, e o carinho, de ter mobilizado emocionalmente seus alunos, para essa ação de solidariedade e de compromisso.

Faremos chegar as mensagens aos Tikuna. A solidariedade aumenta a imunidade, e nos cura.

Conseguimos uma boa rede de apoiadores locais e imaginamos que, na segunda-feira, dia 18, tudo esteja funcionando: kits de higiene, cestas básicas e confecção de máscaras caseiras. Tudo muito mais devagar do que gostaríamos. Os produtos chegam de barco e a preços exorbitantes, para alguns. Álcool em gel não existe na região. O kit higiene contará com sabão em pó, sabão, sabonete, água sanitária. Da Capital Manaus a Tabatinga são 1.512 km, 4 dias de barco, duas vezes por semana. Tabatinga, que é a cidade polo comercial, fica a 4 horas de barco de Benjamin Constant, município onde está situada a aldeia de Feijoal. Feijoal tem 190 famílias e 3.148 pessoas. Foi feita pela comunidade uma barreira sanitária, e só a Funai e a SESAI têm autorização para entrar na comunidade e transportar as doações que vamos fazer. Conseguimos uma pessoa que vai confeccionar mil máscaras para Feijoal, mas não existem muitas lojas de tecidos em Benjamin ou Tabatinga. Assim, estão tentando fazer chegar os tecidos de Letícia, que fica na Colômbia. Isso com barreira na fronteira, porque o Brasil é hoje o centro da pandemia na América Latina. Vamos estender a ajuda aos Tikuna do Médio e Alto Solimões. Aldeia Belém do Solimões: 1.014 famílias, 5.800 pessoas. Aldeia Umariaçu 1: são 504 famílias, 2.191 pessoas. Aldeia Umuriaçu 2: são 1.302 famílias e 5.002 pessoas. Aldeia Filadélfia: 269 famílias, 1.400 pessoas. Essas aldeias são apenas as relacionadas ao polo Base de Saúde de Belém do Solimões (para que tenham uma dimensão da população Tikuna). Estamos tentando manter as pessoas informadas pelo site da Kamuri (www.kamuri.org.br).

Vamos ajudar também a população Kokama, que é a mais vulnerável: já morreram 41 pessoas dos Kokama, muitas lideranças e falantes da língua, porque são justamente os velhos os mais atingidos pela pandemia. Há na região muita população Kokama, Tikuna e de outras etnias que estão na periferia da cidade. Esses são duplamente discriminados, porque estão fora das terras demarcadas oficialmente e misturados com a população não indígena. A busca por receber a ajuda emergencial do governo, que tarda, os expõe a longas filas nos bancos, e ao vírus.

Aumentam aceleradamente o desmatamento e as queimadas na Amazônia, além do garimpo ilegal nas terras indígenas, como entre os Yanomami. Tudo isso promovido por decretos e resoluções anticonstitucionais de um governo que veio justamente para acobertar o crime organizado e os latifundiários, e a quem a falta de controle e a pandemia só favorecem.

A solidariedade e a compaixão aos seres humanos e para com o planeta são o farol que nos faz manter o foco em meio a essa turbulência. Agradecemos por cada gesto de simpatia e carinho, por tantos inocentes que sofrem com o descalabro desse governo e com a omissão daqueles que têm o poder para fazer cumprir a constituição, mas que se acovardam e lavam as mãos. Atenciosamente,

Juracilda Veiga
16 de maio

Adendo, 2024

Na cidade de Tefé, Amazonas, onde passei, em fevereiro último, uma semana em intercâmbio acadêmico com professores e estudantes do Programa de Pós-Graduação Interdisciplinar em Ciências Humanas da Universidade do Estado do Amazonas (UEA), concedi entrevista radiofônica na Rádio Rural FM, na tarde de um sábado, no programa Ampliando Vozes, dirigido e produzido pelo colega Guilherme Gitahy de Figueiredo e conduzido apenas por mulheres, alunas de graduação e pós-graduação da UEA. Foi uma experiência marcante.

Eis aqui um exemplo notável de pontes que aproximam. Elas queriam muito saber sobre a ação de solidariedade, em 2020, dos seus colegas da Universidade de Pequim aos indígenas Tikuna do Alto Solimões, no Amazonas. Entre elas, ao meu lado, estava Darlene Ferreira Soares, da etnia Tikuna e moradora em comunidade rural próxima a Tefé.

Quantas voltas o mundo dá!... Por exemplo: de Pequim para o Alto Solimões. Do Alto Solimões para Campinas. De Campinas para Manaus e Tefé. E de Tefé para Pequim. A todas as minhas entrevistadoras e a seu diretor o meu muito obrigado! As vozes da Amazônia esquecida ecoam agora, certamente, em muitos corações e mentes. Vamos continuar nossa andança em variadas danças e repiques de vozes. Em novos elos de sentido. Em busca de um planeta habitável, humano e pacífico. Porque é assim que se entrelaçam nossos sonhos. E isso ninguém tasca.

10 de fevereiro – 8 de maio

Grupo de alunas da Universidade Estadual do Amazonas (UEA). Entrevistadoras do programa *Ampliando Vozes*, Rádio Rural FM, Tefé, Amazonas, fev./2024. Da esquerda para a direita: Gisele Castro Sena, Suellen Amanda da Silva Freire, Daiane Oliveira Santiago, Francisco Foot Hardman, Darlene Ferreira Soares, Daniele Soares Ribeiro, Maria Eduarda Celestino Gomes, Graziele Soares Ribeiro. Daniele e Graziele são sobrinhas de Darlene, membra da etnia Tukuna.

Foto de Guilherme Gitahy de Figueiredo.

SOBRE O LIVRO

Formato: 13,7 x 21 cm
Mancha: 23,7 x 42,5 paicas
Tipologia: Horley Old Style 10,5/14
Papel: Off-white 80 g/m² (miolo)
Cartão Triplex 250 g/m² (capa)
1ª edição Editora Unesp: 2024

EQUIPE DE REALIZAÇÃO

Capa
Negrito Editorial

Imagem de capa
Cena noturna de Kunming, capital da província de Yunnan, no sul da China,
jan./2020. Foto de Francisco Foot Hardman.

Edição de texto
Jorge Pereira Filho (Copidesque)
Pedro Magalhães Gomes (Revisão)

Editoração eletrônica
Eduardo Seiji Seki

Assistente de produção
Erick Abreu

Assistência editorial
Alberto Bononi
Gabriel Joppert

Impressão e acabamento: